Herstellung und Verlag:
BoD - Books on Demand,
Norderstedt
ISBN 978-3-8448-0307-5

Gabi Mast

Kopfkissen-

literatur

Italienische Größen

Seit fast zehn Jahren kam Frau Stelz ins Bekleidungshaus Mayer, und seit dieser Zeit ließ sie sich ausschließlich von der Inhaberin persönlich bedienen. Früher hatte sie Konfektionsgröße 38 getragen und ihre gesamte Garderobe bei Mayers gekauft.

Seit zwei Jahren hatte sich die Situation allerdings geändert. Zwar kam Frau Stelz immer noch einmal im Monat bei Mayers vorbei, aber sie konnte sich für kein einziges Stück mehr begeistern. Die Gute war nämlich seit dieser Zeit ständig auf Diät, weshalb sie mittlerweile bei Größe 44 angelangt war. Eine Tatsache, der sie keinesfalls ins Auge sehen wollte.

Ihre regelmäßigen Besuche liefen immer folgendermaßen ab:

„Also, Frau Mayer, ich muss Ihnen sagen, ich hab da eine neue Diät entdeckt... Wunderbar, kann ich Ihnen sagen. Schauen Sie nur, wie toll ich abgenommen habe!" Dabei hatte sie kein einziges Gramm verloren.

„Stellen Sie sich vor, Frau Mayer, ich trage jetzt wieder Größe 42. Was haben Sie denn Schönes für mich da?" Natürlich passte nichts vom 42iger Ständer, und so verließ Frau Stelz jedes Mal enttäuscht den Modesalon. Das muss ein Ende haben, dachte sich die Inhaberin eines Tages. Sie kommt, stiehlt mir meine Zeit und kauft nichts. Und dann hatte Frau Mayer eine Idee.

„Frau Stelz, ich glaube, ich hab was für Sie. Ich bekomme morgen früh eine Lieferung sehr exquisiter Stücke. Vielleicht schauen Sie da noch mal vorbei? Ich bin ganz sicher, es ist genau Ihr Stil." Frau Stelz war begeistert.

Frau Mayer aber kramte in ihrem Keller und fand noch etliche Stücke in Größe 44, die schon ein paar Jahre dort lagen und bisher nicht verkauft werden konnten. Vorsichtig trennte sie die Größenschildchen heraus und ersetzte sie durch Schildchen in Größe 42, die sie wiederum aus ihrer eigenen Kleidung entfernt hatte.

Und siehe da, Frau Stelz fand Interesse an den Sachen. Sie probierte, gefiel sich und war überaus stolz, so erfolgreich abgenommen zu haben. Über 700 Euro gab sie aus an jenem denkwürdigen Tag. Und Frau Mayer war froh, endlich wieder erreicht zu haben, dass Frau Stelz ihre komplette Garderobe wie früher im Bekleidungshaus Mayer erstand.

Nach vier Wochen kam die Stammkundin wieder. Und sie hatte, wie sie stolz erzählte, abermals abgenommen. Diesmal war es die Atkins-Diät, die sie veranlasste, nach Größe 40 zu verlangen. Was für ein Zufall, dass Frau Mayer am nächsten Tag wieder eine „Sonderlieferung" erhalten sollte. Flugs weihte sie eine Verkäuferin ein, die diese Konfektionsgröße trug und schickte sie, ihre Größenschildchen aus der Kleidung zu trennen.

Frau Stelz lobte wieder diese außergewöhnlichen Stücke - und kaufte. Und Frau Mayer war zufrieden, so viel Altware zum vollen Preis losgeworden zu sein.

War es die Kartoffeldiät oder die Trennkost, die Frau Stelz ermunterte, ein paar Wochen später nach Größe 38 zu fragen?

„Habe ich nicht toll abgenommen?" fragte sie allen Ernstes und drehte und wendete ihren fülligen Körper vor Frau Mayer hin und her, die sich das Lachen kaum verkneifen konnte. Jetzt kam nur noch das schlanke Lehrmädchen als Größenschildchenspenderin in Frage. Also wurde auch sie eingeweiht. Vergnügt präparierten alle Angestellten gemeinsam den letzten Rest der Ladenhüter im Keller für Frau Stelz.

Aber dann passierte es. Frau Stelz hatte, obwohl sie doch angeblich so schlank geworden war, zugenommen. Enttäuscht musste sie feststellen, dass sie trotz Selbstkasteiung und eiserner Disziplin noch nicht in „Größe 38" passte. Was ja in Wirklichkeit Größe 44 war.

Auch Frau Mayer war höchst besorgt, allerdings weniger um das Gewicht der Kundin, sondern, weil die Geldquelle, die sie sich mit sehr viel List erschlossen hatte, zu versiegen drohte.

Das Lehrmädchen jedoch zwinkerte der Chefin zu und erinnerte sie daran, dass doch in der nächsten Woche noch einmal eine neue Lieferung kommen solle.

Frau Mayer war zwar etwas erstaunt darüber, hatte sie doch den Keller vollständig leer geräumt, aber sie sagte:

„Ach ja, das hätte ich doch fast vergessen!" und zu Frau Stelz gewandt: „Gnädige Frau, wenn Sie dann bitte noch mal vorbeischauen wollen ..."

Nachdem Frau Stelz voller Vorfreude aus dem Laden gegangen war, führte das Lehrmädchen Frau Mayer zum Speicher.

„Schauen Sie mal, was ich beim Aufräumen gefunden habe, Frau Mayer", sagte sie mit unschuldigem Augenaufschlag und hielt ihrer Chefin eine große Kiste mit älteren Modellen hin – in Größe 46.

Die Sache mit dem Gourmetlöffel

Also, mein Mann meint ja schon lange, wir bräuchten irgendwann mal ein neues Besteck. So eines mit allen Drum und Dran, für zwölf Personen. Nicht, dass wir nicht genügend hätten, aber es stimmt schon, wenn wir eine größere Gesellschaft sind, wird eben zusammengestückelt aus Altem und Neuem.

Na ja, und dann fiel mir doch neulich dieser Prospekt in die Hände; da war auch tatsächlich ein Besteck drin, das uns gefallen hätte. Aber wir mussten erkennen, dass da offenbar ein ganzes Stück Kultur an uns vorbeigegangen war. Unsere Vorstellung von Messer, Gabel, Löffel, Teelöffel, Kuchengabel, Fleischgabel, Gemüselöffel, Soßenlöffel, Tortenheber und Schöpflöffel war schlicht und einfach veraltet.

Schon bei den Messern fing es an. Da gab es zwei verschiedene Ausführungen des gewöhnlichen Tafelmessers, deren Unterschied uns nicht klar wurde, zumal beide einen Wellenschliff hatten. Aber dann ging's erst richtig los. Dasselbe traf auf die Vorspeisenmesser zu. Wir beschlossen daher, sie einfach zu ignorieren und konzentrierten uns auf die Steakmesser. Da wir einen hervorragenden Metzger haben, dessen Steaks immer so zart sind, dass man sie auf der Zunge zerdrücken kann, zumindest aber mit einem normalen Messer problemlos schneiden, leuchtete uns zwar deren Notwendigkeit auch nicht so richtig ein. Aber ich muss gestehen, ich habe schon manchmal Steaks serviert bekommen, bei denen ich sehr froh war, ein solch besonders scharfes Messer dazu bekommen zu haben.

Dann stolperten wir über das Kaviarmesser. Also, ich kann mir beim besten Willen nicht vorstellen, dass es Leute geben soll, die diese winzigen schwarzen Kügelchen auch noch auseinanderschneiden wollen. Wozu also dieses Messer? Zumal es von der Form her wirklich nicht so aussieht, als könne man damit überhaupt irgendetwas schneiden. Auch nichts für uns, entschieden wir.

Die nächste Sinnlosigkeit folgte auf den Fuß. Ein Buttermesser bräuchten wir, wollte uns der Prospekt einreden. Was soll denn an einem Stückchen Butter so Besonderes sein, dass man es nicht auch mit jedem anderen Messer aufs Brot kriegt? Da überzeugte mich das Fischmesser schon etwas mehr. Vielleicht, weil ich es schon aus meiner Jugendzeit kenne. Obwohl ich auch da gestehen muss, in den letzten Jahren die köstlichsten Fische mit normalen Messern serviert bekommen zu haben. Und sie haben mir ausgezeichnet geschmeckt.

Brauchen tut man es also nicht. Einfache Tafelmesser wollten wir und fertig.

Das Kapitel Gabeln erwies sich auch nicht als weniger verzwickt. Die Tafelgabel und die Kuchengabel erschienen uns vernünftig, aber wozu wir eine Vorspeisengabel und eine Dessertgabel zusätzlich brauchen sollten, leuchtete uns nicht ein. Und mit der Fischgabel ist das auch wieder so eine Sache; also ich behaupte, meinem Fisch ist es egal, mit welcher Gabel er gegessen wird.

Über die verschiedenen Zangen, die heutzutage zu einem Besteck gehören, setzten wir uns ganz frech hinweg. Bei uns gehören Zangen in den Werkzeugkoffer und nicht auf den Essenstisch. Ergo keine Schneckenzange, keine Krebszange, keine Salatzange und keine Hummerzange. Schließlich wollen wir essen und uns nicht der Gärtnerei oder dem Hochseefischen widmen, wenn wir Gäste einladen.

Richtig ins Schleudern kamen wir allerdings bei den verschiedenen Löffeln. Über den Vorspeisenlöffel und den Espressolöffel ließe sich ja eventuell noch streiten, aber was bitte soll ich mit einem Limolöffel? Ich rühre in der Regel nicht in der Limonade herum. Und wenn mir tatsächlich mal eine Fliege hinein fliegt, dann schütte ich das ganze Glas weg. Ich hatte ein bisschen den Verdacht, dass dieser Limolöffel mit dem langen Stiel in Wirklichkeit für Leute gedacht ist, die sich mal kurz ,ne Dose aufwärmen und aus Bequemlichkeit auch gleich daraus essen. Na ja, wir brauchen keinen. Und dass wir zu unseren Teelöffeln auch noch Dessertlöffel und Kaviarlöffel kaufen sollten, wollten wir auch nicht einsehen. Wir sind uns auch sehr sicher, dass uns zusätzliche Eierlöffel und Bowlelöffel nicht glücklicher machen als bisher. Jetzt mussten wir uns nur noch überlegen, wozu wir den sogenannten Tassenlöffel brauchten. Erst sollte man dazu mal wissen, wozu der gut sein soll. Und wenn man dann sein Hirnstübchen anstrengt, findet man des Rätsels Lösung. Ein Tassenlöffel ist der, mit dem man seine Suppe isst, wenn sie, statt in einem Suppenteller in einer Suppentasse serviert wird. Danke, das genügt.

Vollends aus der Fassung gebracht hat uns dann allerdings der Gourmetlöffel. Er ist etwas kleiner als der Dessertlöffel und etwas größer als der Kaffeelöffel, und wir konnten mit dem Ding absolut nichts anfangen. Dafür mussten wir mit Erstaunen feststellen, dass es bei all dem Schnickschnack in dieser Besteckserie keinen Schöpflöffel gab.

Ja, sollen wir denn samstags unseren Gaisburger Marsch mit dem Gourmetlöffelchen aus der Suppenschüssel fischen?

Liebe Krankenkasse,

heute bekam ich ein Päckchen von Dir und ich möchte mich recht herzlich dafür bedanken. Es muss meine beginnende Alzheimer sein, das ich mir so absolut nicht vorstellen konnte, was Du mir da schickst. Sollte auch ich die zweite oder dritte Chipkarte bekommen? Ich hatte von so was schon gehört.

Glücklicherweise hatte ich einen meiner lichten Momente, als ich den Inhalt des Päckchens in den Händen hielt. Es war eine DVD. Meine Herren, wie lange war das schon her? Lange, bevor ich heute diese Krankheitssymptome an mir feststellen musste.

Ich erinnerte mich dunkel, dass ich einst in Deiner Zeitschrift auf diese DVD gestoßen bin, die es kostenlos zu meiner Entspannung bei Dir zu bestellen gab. Die Dame, die sich daraufhin unter Deiner Nummer meldete, wusste jedoch noch nichts davon. Das hab ich gleich bemerkt. Sie war nämlich gar nicht entspannt, sondern einfach ahnungslos. Sie müsste mal nachfragen, hat sie gemeint und hat sich meine Adresse aufgeschrieben.

Und dann hat sie nachgefragt.

Monatelang hat sie nachgefragt.

Ich hab mich gleich gefragt, ob das gut geht.

Irgendwann habe ich mich gefragt, ob da wohl noch was kommen würde.

Und heute frage ich mich, wie lange das wohl schon her sein musste, dass ich völlig vergessen habe, etwas bestellt zu haben.

Alzheimer eröffnet wohl völlig neue Möglichkeiten.

Aber dank der DVD war ich völlig entspannt, als ich das Anschreiben, das Du mir mitgeschickt hast, gelesen habe:

„Sehr geehrtes Mitglied, sehr geehrte Damen, sehr geehrte Herren", schreibst Du mir, „wir möchten schnell und unbürokratisch sein, deshalb diese Kurzform."

Das mit dem „möchten" glaube ich Dir, liebe Krankenkasse. Und ich möchte einfach hoffen, dass Du besser vorbereitet bist, wenn ich mal ernsthaft krank bin. Aber mach Dir keine Gedanken, ich bin schon sehr vergesslich.

Viele Grüße
Dein entspanntes Mitglied

Sekt oder Selters

Berlin – Bahnhof Zoo: Habe soeben fünfzig Cent fürs Pinkeln bezahlt.

Getrunken habe ich einen Liter Mineralwasser. Habe eine ganze Kiste für einen Euro elf gekauft. Das sind zwölf Flaschen a nullkommasieben Liter – macht achtkommavier Liter. Ein Euro elf durch achtkommavier Liter. Das heißt, ich habe für den Liter Mineralwasser, den ich getrunken habe, dreizehn Cent bezahlt.

Aber wie viel habe ich gepinkelt? Den ganzen Liter keinesfalls. Einen halben vielleicht? Nee, unmöglich! Es war wohl eher ein viertel Liter. Und dafür habe ich, wie gesagt, fünfzig Cent bezahlt. In Mineralwasser gerechnet, hätte ich für die fünfzig Cent allerdings Dreikommaacht Liter pinkeln müssen.

Oder anders gerechnet, die Entsorgung eines ganzen Liters Mineralwasser wird mich sage und schreibe zwei Euro kosten. So macht man aus dreizehn Cent zwei Euro. So was nennt man wohl Wertschöpfung. Wenn aber der Urin mehr als fünfzehn Mal mehr wert ist als das Mineralwasser, warum schüttet man dann derlei wertvolle Brühe weg? Hat noch niemand diesen enormen Wertzuwachs der edlen Flüssigkeit bemerkt? Vielleicht ist das eine Marktlücke, die es zu entdecken gilt: Urinhändler.

Soll ja Leute geben, die das Zeug saufen. Wäre ein Ausweg aus dieser Misere. Ich bin noch nicht soweit. Vielleicht sollte ich dran arbeiten? Bis dahin aber sollte ich unbedingt von Selters auf Sekt umsteigen, denn am Bahnhof Zoo fragt keiner, was man getrunken hat.

Ich nehm die Glatze

Das Familienfest hatte seinen Höhepunkt erreicht; alle redeten von ihren Krankheiten und den vorhergegangenen Untersuchungen. Brigitte versuchte, die Einstichlöcher ihrer Akupunkturbehandlung zu erklären, Tante Klara stöhnte über das Brennen nach dem und während des Katheters und Opa schilderte begeistert die Folgen seines Einlaufs. Kurts werte Gattin erzählte von dem Reizdarmsyndrom, über das sie neulich in ihrer Frauenzeitung gelesen hatte und dessen Symptome sie auch schon des Öfteren bei sich selbst festgestellt hatte.

„Lass das ja untersuchen", riet Brigitte.

„Meinst du?"

„Na klar. Mit dem Darm ist nicht zu spaßen."

„Du hast Recht. Gleich morgen lass ich mir einen Termin geben."

Nur Kurt konnte da nicht mitreden und machte demzufolge offenbar eine recht gelangweilte Miene. Eigentlich sollte er froh sein ob seiner robusten Gesundheit; schließlich blieben ihm bisher alle diese Leiden erspart.

„Und bei dir, Kurt? Alles in Ordnung?" wollte Tante Klara wissen.

„Jawoll, ich bin kerngesund."

„Von wegen kerngesund", keifte Kurts Gattin hämisch, „der hat bloß Schiss vorm Doktor."

„Red. nicht so einen Mist."

„Das ist kein Mist. Du warst noch nie bei einer Untersuchung."

„Wozu auch? Wenn mir nichts fehlt, brauche ich auch nicht zum Arzt." Das hätte Kurt nicht sagen dürfen, denn nun fiel die ganze Verwandtschaft geschlossen über ihn her.

„So ein Arztbesuch ist doch nicht schlimm…"

„Wer wird denn Angst haben vor so ein bisschen Blutabnahme…"

„Du bist verrückt…"

„Du setzt deine Gesundheit aufs Spiel…"

„Das ist gefährlich…"

„Du weißt nicht, was du tust. Das kann dir einen frühen Tod bescheren…"

„Denk doch an deine Familie…" Und… und… und.

Kurt konnte es nicht mehr hören. Keineswegs wollte er sich hier als Feigling hinstellen lassen. Er und Angst haben, pah. Am Dienstag beim Tennisspielen würde er sich bei Dr. Maurer, den er von der Mannschaft kannte, anmelden.

Kurt war überrascht, was in einer Arztpraxis alles los war. Das Publikum hier war noch weitaus kompetenter als seine ganze Verwandtschaft zusammen; hier erfuhr er binnen der viertelstündigen Wartezeit nicht nur von der Existenz von mindestens dreimal so vielen Krankheiten als auf der Feier am Sonntag; die Patienten hier berieten sich gegenseitig auch äußerst umfassend über die Behandlung derselben.

Kurt füllte indessen den ihm vorgelegten Frage-
bogen aus. Auch, wenn er sich nicht ganz sicher
war, dass es in seiner Familie keinerlei Geistes-
krankheiten gab, verneinte er die Frage. Seine
Gattin und ihre Schwester Brigitte waren ja
schließlich auch nicht mit ihm verwandt.

Dr. Maurer freute sich, seinen Mannschaftskolle-
gen auch mal beruflich kennen zu lernen und
untersuchte ihn auf Herz und Nieren. Kurt lernte
jeden Apparat kennen, den die Arztpraxis besaß,
jede der Arzthelferinnen durfte ihm entweder
einen seiner Körpersäfte abnehmen, ein Bild von
einem seiner Organe machen oder aber irgendei-
nen Wert bestimmen. Die Bestandsaufnahme des
Kurt B. dauerte fünf Stunden und endete mit einem erneuten Termin bei Dr. Maurer in der darauf folgenden Woche.

Wieder begrüßte der Arzt seinen Patienten sehr
freundlich.
   „Und, was haben ihre Untersuchungen erge-
ben?"
   „Na ja, soweit alles in Ordnung."
   „Was heißt da soweit ...? Mir fehlt doch
nichts?"
   „Na ja, da und dort ein paar leicht überhöhte
Werte..."
   „Und was hat das zu sagen?"
   „Eigentlich nichts?"

„Also, dann ist doch alles in Ordnung. Dann kann ich ja wieder gehen."

„Moment noch, Herr B. Wir brauchen noch eine Diagnose."

„Eine Diagnose? Wozu denn das?"

„Für die Versicherung. Ich muss eine Diagnose auf dem Krankenschein vermerken."

„Auch, wenn ich gesund bin?"

„Na ja, immerhin haben wir sie auf Herz und Nieren untersucht. Da kann ich schlecht - ohne Befund - draufschreiben. Immerhin gibt es ein paar Auffälligkeiten, die man behandeln kann."

So langsam dämmerte es Kurt, wie seine Verwandtschaft zu all ihren Krankheiten kommt.

„Verstehe. Und was bitte sollte man bei mir behandeln?"

„Na, ihr Cholesterinwert ist etwas zu hoch."

„Cholesterin? Wozu braucht man das?"

„Zum Denken. Das Gehirn besteht bis zu einem Fünftel aus Cholesterin."

„Dann soll ich also mein Denkvermögen behandeln lassen?"

„Nein, es ist nur so, zu viel Cholesterin kann zu Herz- und Kreislauf-Erkrankungen führen."

Ob deshalb die Menschen so wenig denken? Kurt wusste es nicht. Jedenfalls entschied er sich:

„Nein, an meinem Cholesterin behandeln wir nichts."

„Wie sie meinen. Und was ist mit Ihrer Knochendichte?"

„Was soll damit sein?"

„Na ja, ihre Knochen schwinden."

„Meine Knochen schwinden? Dass ich nicht lache. Ich jogge zweimal die Woche und spiele mindestens einmal Tennis, wie Sie wissen. Können Sie mir sagen, wie das mit verschwundenen Knochen gehen soll?"

„Na ja, es ist so, dass bei jedem Menschen ab 30 die Knochen schwinden."

„Na also, dann ist das doch normal. Bin schließlich 45."

„Osteoporose kann aber zu Knochenbrüchen führen."

„Herr Doktor, ich hatte schon als Kind beide Arme gebrochen. Als meine Knochen noch nicht geschwunden waren. Verschonen Sie mich also mit Ihrer Oster..."

„Osteoporose."

„Sag ich doch. Ich fürchte, das wird nichts mit Ihrer Diagnose, Herr Doktor."

„Keine Angst, wir finden schon noch was." Dr. Maurer hatte da so ein spitzbübisches Lächeln aufgesetzt ...

„Sagen Sie, wie siehts denn aus mit Ihrer Lust?"

„Welcher Lust?"

„Na, Sie wissen schon ..."

„Wie, Sie meinen ...? Nee, nee, Herr Doktor, da ist alles in Ordnung." Entrüstet schüttelte Kurt den Kopf.

„Wirklich? Wie oft ist das denn in Ordnung, wenn ich fragen darf? Es ist nur ... es gibt in manchen Fällen die Möglichkeit, Viagra auf Rezept ..."

Mit Kurt war allerdings auch diesbezüglich nicht zu reden. Dieser Doktor hatte vielleicht Nerven. Gewiss, er hätte seine Diagnose, und Kurt hätte seine Lust. Aber was nützte ihm mehr Lust mit derselben Frau?

„Danke der Nachfrage, Herr Doktor, aber diesbezüglich ist bei mir wirklich alles in bester Ordnung."

Mensch, dieser Kurt war aber ein verdammt sturer Bock. Wie konnte man sich nur so mit Händen und Füßen gegen eine Behandlung wehren? Schließlich wollte Dr. Maurer ihm doch nur helfen. Gewiss, Kurt B. hatte sich in den Kopf gesetzt, kerngesund zu sein. Aber das ist nun mal medizinisch nicht möglich. Das musste er schon noch einsehen. Dr. Maurer grübelte, wie er seinem Patienten das klar machen konnte. Hatte er nicht neulich auf irgendeinem Beipackzettel etwas von einem Verweigerungssyndrom gelesen? Eine letzte Chance sollte dieser Kurt B. noch bekommen. War er doch schließlich sein Mannschaftskollege. Also wollte ihn Dr. Maurer nicht in Richtung Psychiatrie diagnostizieren, wenn es sich irgendwie vermeiden ließ.

„Ich sehe, Ihnen gehen langsam die Haare aus."

„Ja und, ist das jetzt auch schon krankhaft?"

„Na ja, nicht direkt, aber ..."

„Aber?"

„Es könnte ja sein, dass Sie das belastet. Dass Sie Depressionen kriegen, Sie verstehen?"

„Und dann?"

„Es gibt da hervorragende Medikamente."

„Gegen die Glatze?"

„Nein. Gegen die Depressionen."

„Ich soll ständig so 'n Psychozeugs nehmen?"

„I wo, nur, wenn die Depressionen kommen."

Da Kurt noch niemals an einer solchen Depression gelitten hatte, erkannte er flugs eine einfache Lösung, aus dieser Nummer halbwegs heil heraus zu kommen. Schnell willigte er ein:

„Also gut, ich nehm die Glatze."

Beruhigt nahm Dr. Maurer seinen Stift und vermerkte eine „larvierte Depression aufgrund beginnender Calvitis".

Zuhause angekommen, wurde Kurt bereits erwartet von seinen mitfühlenden Verwandten:

„Und? Was hat der Arzt festgestellt, Kurt?" Wortlos hielt der seinen Lieben den Durchschlag mit der Diagnose hin. Bewundernd wurde Kurt in den Kreis der Leidenden aufgenommen. Mit ernster Miene schilderte er seine fatale Krankheit und deren mögliche Folgen. Wie gut, dass sie so frühzeitig erkannt wurde! Die Verwandtschaft erkannte den Patienten von nun an als einen der ihrigen an.

Und Kurt war nun doch froh, dass Dr. Maurer eine so passende Krankheit für ihn gefunden hatte. Man lebt einfach gesünder, wenn man seine Krankheit kennt."

Betriebs-Grillfest

Die alljährliche Botschaft, die den einen Partner in höchstes Entzücken, den anderen jedoch in diese „Na-ja, auch-das-geht-wieder-vorbei-Stimmung" versetzt, hat auch uns wieder erreicht.

Am Samstag soll es also stattfinden – das Betriebs-Grillfest, wobei es völlig wurscht ist, ob es sich um „seins" oder um „meins" handelt.

Pflichtgemäß rücken also auch wir zur angeordneten Festbeginns-Uhrzeit mit diesen berühmten Plastikschüsseln an. Reiner Selbstschutz übrigens, dass jeder was mitbringt. Schließlich ist das die einzige Möglichkeit, sicherzustellen, dass es zumindest etwas gibt, was einem genießbar erscheint.

Dienstliches Feiern heißt natürlich, alles muss organisiert sein – mindestens so gründlich wie die Arbeit. Und das bedeutet: Einer oder eine übernimmt sofort das Kommando. Langes Suchen erübrigt sich; es wird der oder die sein, die sich sonst auch immer für wichtig halten.

Alsbald werden zwei Leute rekrutiert, die Biertische in eine Kaffeetafel zu verwandeln.

Wom ..., ein Kuchenteller knallt vor mir auf den Tisch, knapp gefolgt von dem echoartigen Klappern von Untertasse und Tasse.

Kling – Klang..., weiter gehts mit dem Fest, das Besteck wird mir unverhofft über die Schultern mehr geworfen denn gelegt.

Kaum sind dann der Blümchenkaffee in meiner Tasse und der Modekuchen der Saison auf meinem Teller, wird der Kommandoführer oder die Kommandoführerin zu verhindern wissen, dass auch nur die Spur von Gemütlichkeit eine Chance hat, Einzug zu halten.

Die Tische oben stehen im Schatten; dort ist es zu kalt. Also packe ich zusammen mit den Tischgenossen den Tisch nebst Blümchenkaffee und Modetorte und stelle ihn seitlich an die anderen. Noch eben schnell den Kaffee umrühren und weiter gehts mit Möbelrücken. Die Bank muss auch nachgeholt werden.

Kaum sitzen alle wieder und haben den ersten Schluck Kaffee oder das erste Stück Kuchen im Mund, ergeht der nächste Befehl. Man sitzt zu weit entfernt voneinander und kann sich nicht in Ruhe unterhalten. Letzteres stimmt, was allerdings weniger an der Entfernung liegt, sondern an den dauernden Störungen.

Erneutes Tischerücken jedenfalls. Aber der Geist der Gemütlichkeit lässt sich einfach nicht herbeirücken an diesem wunderschönen Samstagnachmittag. Stattdessen nähert sich doch tatsächlich der Abend.

Höchste Zeit also, den Grill anzuzünden. Der Grillmeister muss in einer konspirativen Sitzung designiert worden sein. Jedenfalls erhebt sich einer wie selbstverständlich aus der Runde und verteidigt, bewaffnet mit Fleischgabel und Wurstzange, die Grillfläche. Vorbei die Zeiten, als jeder selbst liebevoll sein Stückchen Grillfleisch erkoren, gewürzt und auf den Grill gelegt hat. Es gewendet, begutachtet und mit der flachen Seite der Gabel zärtlich ab und an gedrückt hat; so lange, bis er es für gut befunden und mit Genuss gegessen hat.

Noch bevor der rhetorische Ruf: „Schnitzel sind fertig, wer will eines?" verhallt ist, habe ich bereits eines auf meinem Teller und begebe mich mit diesen dann mechanisch an die professionell im Schatten aufgebaute Salattheke. Dorthin eben, wo momentan alle stehen. Bis auf den Grillmeister. Er soll der Einzige sein, der es an diesem Tage zu einem Stück heißem Fleisch direkt vom Grill bringen würde. Nach dem Schnitzel dann noch einen Schweinebauch oder was immer der zweite Gang ist und zum Schluss, dann wenn man so satt ist, dass wirklich nichts mehr schmeckt, die obligatorische Grillwurst mit Senf und Brötchen.

Neben Essen, Trinken und Anordnungen befolgen ist ein weiterer wichtiger Programmpunkt für ein solches Betriebs-Grillfest der sogenannte Betriebswitz. Sie kennen das sicher.

Das sind die Anekdoten, die jedes Jahr wieder erzählt werden und über die außer den Betriebszugehörigen wirklich niemand lachen kann. Als zum Beispiel der Seniorchef vor zwanzig Jahren... Oder der Kollege, der längst in Pension ist, morgens zu Arbeitsbeginn immer ... Oder die Sache mit dem Amarulalikör, der natürlich niemals beim Betriebsfest fehlen darf. Und wo dann die neuen Betriebsmitglieder vor dem Genuss des ersten Likörs diese Geschichte von den Marulabäumen in Afrika erfahren, deren reife Früchte mit ihrem Alkoholgehalt alle möglichen Tiere, insbesondere aber Elefanten kilometerweit anlocken. Und wie diese Elefanten dann alles tun, um an diese Früchte zu kommen, um sich daran zu berauschen. Notfalls die ganzen Marulabäume kurzerhand umtrampeln. Tja, und wie man damals diesen Roman vom Haus im Marulabaum während der Arbeitszeit gelesen hat, um anschließend Werbung für die Werke dieser Autorin zu machen.

Glauben Sie mir, nach dem fünften Amarulalikör finden auch Sie es lustig und schließlich – auch dieses Betriebs-Grillfest geht wieder vorbei.

Aufstieg

Ein Abend mit Kollegen – mal wieder ins Fuß-
ballstadion. Warum nicht, da war ich schon ewig
nicht mehr.

Also sofort nach der Arbeit los zum Bahnhof. Es
blieb keine Zeit mehr für einen Hooligan-
Schnellkurs. Mitten hinein ins Fan-Getümmel.
Bereits auf dem Bahnsteig war klar: Die meisten
anderen hatten einige Bierchen Vorsprung. Konnte man jetzt nichts mehr machen, also gemeinsam
hinein in den Zug. Während wir noch überlegten,
welche Mannschaft den Aufstieg wohl schaffen
würde, hatten sich vor uns schon zwei gegnerische Fangruppen, blau oder rot beschalt, zum
gegenseitigen   „Beschimpfungen-ins-Gesicht-
Singen" aufgestellt. Und sie begannen ihr Spiel
ohne Anpfiff und ohne jegliche Leitung durch
einen Unparteiischen. Bereits da keimte in mir
der Verdacht auf, dass es mit meiner Stadiontaug-
lichkeit nicht mehr so gut bestellt war.

Nach zweimal Umsteigen, dann endlich Ankunft
im Stadion. Schon war jede Menge los hier, wir
mussten natürlich ganz außen rum in den Block,
der am weitesten vom Eingang entfernt war.
Glücklicherweise kamen wir dadurch an einigen
Fressständen vorbei. Unglücklicherweise setzte
man sich bei jedem der Gefahr aus, beim Warten
auf seine Bratwurst von anderen Hungrigen er-
drückt zu werden. Aber alles ging gut. Wir fanden einen Stehplatz mit Sicht auf die Anzeigenta-

fel, die Fankurve, die gegnerische Fankurve und das Spielfeld.

Noch war da nicht allzu viel los. Aber neben dem Rasen, da tobte schon das Stadionleben. Der enthusiastische Sprecher war bereits in seinem Element. Brav bläute er uns Zuschauern die Namen der Sponsoren ein und sorgte außerdem dafür, dass die Werbegeschenke, die die Geldgeber verteilen wollen, unter die Dreißigtausend kamen.

Und dann das erste Highlight des Abends.

Vor vielen Jahren, als die Mannschaft einst eine Heimniederlage einstecken musste, war eine junge Frau verzweifelt. Und sie fand damals einen, der sie tröstete. Und dafür wollte sie sich heute bei diesem Mann bedanken.

Und dann trat sie vors Mikrofon, ein Meter fünfzig im Kubik, und sie wendete sich an die arme Seele, die sie damals getröstet hatte. Sie erzählte, dass er seitdem mit ihr durch Dick und Dünn gegangen sei. Ich konnte beim besten Willen das Dünne weder bei ihr noch bei ihm erkennen. Mal abgesehen davon, dass es mich nicht die Bohne interessierte, wie lange die beiden schon ein Paar waren. Dennoch blieb es mir nicht erspart: sie machte ihm einen Heiratsantrag. Und der Kerl sagte auch noch ja. Wie so ein paar Bierchen einen Menschen so tief in die Scheiße reiten können!

Noch ein paar Tanz- und andere Werbeeinlagen und es ging endlich los.

Die Mannschaften liefen ein. Erst der Gegner. Er wurde nur mit mäßigem Maulen begrüßt. Die Namen der Spieler wurden so wenig zur Kenntnis genommen wie die Warnetiketten auf den Zigarettenschachteln.

Dann endlich die Heimmannschaft. Das Konterfei jedes Spielers erschien am Monitor, darunter sein Name. Und immer, wenn der Stadionsprecher einen Spieler grade begrüßen wollte, wurde er von den Zuschauern unterbrochen und die brüllten lautstark dessen Namen. Wie gut, dass ich auf die Entfernung nichts lesen konnte. So hatte ich wenigstens eine halbwegs brauchbare Entschuldigung für die Kollegen, warum ich mich an dieser Übung nicht beteiligte. Aber es kam noch schlimmer:

Wie kam ich als Schwabe drum rum, das nun ertönende Badener Lied mitzusingen? Während sich meine Kollegen und Nachbarn die Kehlen aus dem Leib brüllen, kniff ich die Augen zu und tat so, als könne ich den Text auf der Anzeigentafel nicht lesen. Niemals würde ich zugeben, dass ich als Schwabe das Badener Lied auswendig konnte. Um nicht zu sehr aus der Reihe zu fallen, sang ich dann aus voller Kehle die Refrainzeile: „Drum grüß' ich dich, mein Badner Land" mit und hoffte inständig, dass kein Schwabe das „mein" gehört hatte und mir meine Landsleute verzeihen, dass ich mich überhaupt zu Grüßen ins feindliche Ausland hatte hinreißen lassen.

Während ich die ganze Zeit damit beschäftigt war, diplomatische Fettnäpfchen weitläufig zu umsingen, hatte jemand Bier besorgt. Die Wurst im Magen verlangte nach Gesellschaft. Sie sollte sie bekommen: warm, ohne Schaum und schal nach der weiten Reise in einem Plastikbecher vom Bierstand hoch in Block A und wieder hinunter zu der Stelle, wo wir unser Plätzchen hatten. Völlig erschüttert kam das arme Bier bei uns an. Wir kippten es in uns hinein – zu seinem eigenen Schutz. Wir wollten ihm nicht zumuten, sich auch noch das Spiel ansehen zu müssen.

Die Partie begann. Und ich habe wirklich geglaubt, ich könne mir das jetzt in Ruhe anschauen. Was war ich nur für eine naive Pute! Kaum war der erste Spielzug gelaufen, da bäumte sich vor und neben mir alles auf, riss die Hände in die Höhe und versperrte mir die Sicht auf das Spielgeschehen. Das wäre nicht wirklich schlimm gewesen, aber ich musste wieder einmal feststellen, dass ich überhaupt noch nicht begriffen hatte, worum es bei dieser Veranstaltung hier wirklich ging. Da drüben aus der Fankurve war das Gebot ergangen, eine Welle durchs Stadion zu schicken, und ich hatte es als einzige nicht kapiert. Schnell wurde mir klar, dass da drüben die Kommandozentrale war, unter deren Befehlsgewalt auch ich fiel. Das Ganze sah aus, als lebe in dieser Kurve eine Kultur Mehlwürmer, die man bläulich angestrichen und mit Fähnchen ausgestattet hatte. Ich richtete meinen Blick fortan da hinüber, weshalb mir prompt das erste Tor entging. Um nicht noch mehr zu verpassen, richtete ich meinen Blick flugs zur Anzeigentafel, grade noch rechtzeitig genug, um zusammen mit den anderen 29 999 auf die Frage des Stadionsprechers mit eins zu antworten. Ich nehme an, er fragte, wie viel Tore die Heimmannschaft geschossen hat. Bei der mathematischen Gegenprobe, wie viel denn der Gegner geschossen hat, schrie ich dann unisono mit dem Rest der Welt: Keins. Schon wähnte ich mich wieder zugehörig zu der Gruppe der versierten Stadionbesucher, zumal sich der Sprecher auch noch bedankte. „Bitte", schrien dann alle wieder Richtung Anzeigentafel. Außer mir, der Stadionpomeranze.

Wirklich, ich habe mein Bestes gegeben.

Bei den Schlachtgesängen „Ihr seid nur ein Karnevalsverein" und „Karlsruhe-Spitzenreiter" legte ich mich mächtig ins Zeug und hatte auch fast das Niveau der Mehlwurmränge erreicht.

Aber dass der Schiedsrichter ein Hurensohn ist, das hätte man mir doch wirklich vorher sagen müssen...!

Manni

Böse Zungen behaupten, er sähe aus wie der Hund, den er täglich Gassi führt. Dabei sind die beiden weder verwandt noch verschwägert.

Der Hund gehört einem Restaurantbesitzer, der keine Zeit hat, ihn täglich auszuführen, und Manni ist ein alleinstehender Mittfünfziger, der diese Zeit hat.

So kommt es, dass die beiden ihre Vormittage gemeinsam verbringen und außer ausgedehnten Spaziergängen auch noch die verschiedensten Botengänge für alle möglichen Leute machen.

Am Nachmittag trifft man Manni dann in seiner Stammkneipe. Gleich vorne am ersten Tisch sitzt er und löst seine Kreuzworträtsel. Die Brille ist ihm auf der Nase vorgerutscht, und seine sorgfältig nach hinten geföhnten Locken sind auseinander gefallen. In diesen Momenten hat er was von einem Denker, der Manni.

Gegen Abend tauscht Manni seinen Platz dann gegen einen Barhocker am Tresen.

Redselig vom Weizenbier wartet er auf die, die von der Arbeit kommen, um ihr Feierabendpils zu trinken.

Gleich wird sich jemand neben Manni setzen, und wer immer es auch sei, er wird die nächsten Stunden nicht vergessen.

Stellen Sie sich vor, Sie sind heute derjenige.

Sie begrüßen Manni wie gewohnt. Dabei fällt Ihnen auf, dass er eine neue Jacke anhat. Sie gefällt Ihnen, und das sagen sie ihm auch. Damit haben Sie das Vorwort geschrieben für ein Psychodrama, in dem Sie selber das Opfer sein werden.

Manni beginnt zu erzählen:

„Woaßt, des wor aso...".Keine Angst, Sie sind nicht etwa an einen exotischen Ausländer geraten, sondern an Manni, den Franken.

Er will Ihnen mit diesem Satz, der übersetzt bedeutet: „Weißt du, das war so...," nur andeuten, dass er Ihnen die Geschichte der Jacke von Anfang an erzählen wird.

Und dies heißt, dass Manni jetzt beginnen wird an jenem denkwürdigen Tag, an dem er sie Intuition hatte, er müsse einmal in seinen Briefkasten schauen.

„Normalerweise", so wird er Ihnen sagen, „normalerweise ist ja nie was drin im Briefkasten, aber ich hatte so ein Gefühl, dass es heute anders sein würde. Also hab' ich nachgeschaut, und tatsächlich, da war dieser Prospekt vom Versandhaus." Damit ist das Thema für Sie erledigt. Sie gehen davon aus, dass Manni dort seine Jacke entdeckt und sich bestellt hat.

Aber weit gefehlt; er ist noch lange nicht mit Ihnen fertig.

„Woaßt...," wird er fortfahren, „da war auf der ersten Seite so eine blonde Frau drauf, mit so einem lila Rock und einer gestreiften Bluse. Ich weiß nicht, hast du sie gesehen, sie trug eine Sonnenbrille?"

„Nein, " werden Sie noch höflich sagen, „nein, ich kenne den Prospekt nicht".

Das fränkische „r", das unentwegt in Ihr Ohr „rollt", wird Ihnen langsam zur Tortur, und es ärgert Sie, dass Sie das Gespräch der anderen Gäste über den schlimmen Verkehrsunfall, der gestern passiert ist, nicht verfolgen können.

Aber Manni wird nicht aufgeben.

„Und auf der Seite, da war so eine Jeanshose mit so eichenblattförmige Lederbesätzen." Dabei wird er sich leicht erheben, um Ihnen anzudeuten, wo diese Besätze verlaufen.

„Die hat mir so gefallen, die wollte ich mir unbedingt bestellen, aber die war in meiner Größe nicht zu kriegen. Normalerweise trage ich Größe 48, aber..."

Ihnen wird's zu viel, und Sie gehen mal austreten, in der Hoffnung, dass Manni inzwischen ein anderes Opfer findet.

Als Sie zurückkommen, versuchen Sie, sich an der mittlerweile stattfindenden Diskussion über die Tennisschlacht, die der Boris gestern geliefert hat, zu beteiligen. Wenn Sie denken, dass Sie Manni damit aus dem Konzept bringen könnten, irren Sie gewaltig.

„Woaßt", wird er Ihnen den Aufschlag aufnehmen, und auf der Seite 48, da war diese Jacke. Und die gabs in Weiß und in Blau und in Gelb und in Rot. Weiß wollte ich nicht, das wird so schnell dreckig, und das Gelb hat mir auch nicht gefallen. Aber ich wusste nicht, ob ich blau oder rot nehmen sollte. Da bin ich zu Sabine gegangen und habe sie gefragt, zu welcher Farbe sie mir raten würde. Und die hat gesagt..."

Sagen Sie, irre ich mich, oder platzt Ihnen gleich der Kragen?

Mögen Sie Manni etwa nicht?

Oder seine Geschichte?

Kennen Sie sie etwa schon? Ach, Sie glauben zu wissen, wie sie weitergeht?

Tja, warum zahlen Sie dann nicht einfach und gehen nach Hause?

Klara und Sophie

So eine Beerdigung auf dem Dorf war offenbar
eine wichtige Veranstaltung. Fast die ganze Be-
wohnerschaft hatte sich auf dem kleinen Friedhof
zusammengedrängt. Nur, wer eine ganze wichtige berufliche Stellung hatte, konnte sich Abwe-
senheit leisten. Aber er musste seine gesamte Familie als Abordnung schicken. Und auch später,
beim abschließenden Leichenschmaus im ländli-
chen Gasthof schien jeder eingeladen zu sein.
Dabei war die Verstorbene keinesfalls eine wichtige Persönlichkeit im Dorfleben gewesen; im
Gegenteil, sie und ihre Schwester hatten sich oft
genug zum Gespött der Leute gemacht.

Christine fühlte sich sehr fremd hier. Dabei
hatte sie ihre Kindheit in diesem Dorf verbracht
und die Tote war eine ihrer Tanten. Das heißt,
eigentlich war sie lediglich eine Cousine ihrer
Mutter, aber man machte damals noch keine solchen Unterschiede. Jeder, der irgendwie mit einem Kind verwandt war und in keiner direkten
Abstammungslinie stand, war kurzerhand Tante
oder Onkel. So war Christine zu ihren Tanten
Klara und Sophie gekommen.

Die junge Frau saß einsam am Verwandt-
schaftstisch; ihre Eltern waren noch damit beschäftigt, den zahlreich erschienenen Gästen Plät-
ze zuzuweisen. Und außer ihnen Dreien gab es
keine Hinterbliebenen. Außer Tante Klara. Aber

die durfte nicht an der Beerdigung ihrer Schwester teilnehmen.

Christine ließ ihre Blicke schweifen und entdeckte einige Gesichter, die sie sehr gut aus ihrer Kindheit kannte. Aber alle ihre ehemaligen Freunde und Spielkameraden vermieden es, der jungen Frau in die Augen zu schauen, so, als hätte man sich nie gekannt. Das war sie also, die ländliche Moral. Man geleitete die Verstorbene ins Jenseits, aber man vermied den Kontakt zu ihrer Verwandtschaft, schließlich waren die Tote und ihre Schwester keine normalen rechtschaffenen Einwohner gewesen.

Man hätte es niemals so weit kommen lassen dürfen, dachte Christine sich. Man hätte irgendetwas unternehmen müssen; sich mehr um die beiden kümmern. Stattdessen haben sich die einen die ganzen Jahre über köstlich über die zwei schrulligen Alten amüsiert, während die anderen sich mindestens genauso heftig für sie geschämt haben.

Christine beschloss, diesen Nachmittag einfach zu überstehen. Gegen Abend würde sie dieses Dorf wieder verlassen und in absehbarer Zeit bestimmt nicht mehr zurückkehren. Längst waren sie und einige Jahre später auch ihre Eltern in die Stadt gezogen. Und nachdem Sophie jetzt tot und Klara nicht mehr da war, konnte die Trauernde davon ausgehen, nicht mehr hierher kommen zu müssen.

Während sich die Nennnichte den leckeren Apfelkuchen schmecken ließ, konnte sie nicht vermeiden, der Unterhaltung, die am Nebentisch stattfand, zu lauschen. Vier Männer und zwei Frauen saßen dort. Ihre abgeschossenen schwarzen Trauerkleider ließen darauf schließen, dass sie sehr erfahrene Beerdigungsgänger waren. Und ihr Alter ließ darauf schließen, dass jedes kommende Begräbnis eines der ihren sein konnte.

Darüber machten sie sich aber offenbar keine Gedanken; sie beurteilten die Predigt des Pfarrers, die Rede des Bürgermeisters und die Art, wie die Kapelle „So nimm denn meine Hände" gespielt hatte. Nachdem auch das Verhalten und die Kleidung der anderen Anwesenden, die Stärke des Kaffees, ob der diesmal wirklich auch koffeinfrei war und welcher Bäcker den Kuchen geliefert hatte, geklärt waren, konzentrierte sich das Gespräch der Nebensitzer schließlich auf die Verblichene.

„War der Schorsch eigentlich auch da?" fragte einer der vier Herren in die Runde.

„Welcher Schorsch?" Die Dame, die sich mittlerweile als Mathilde herausgestellt hatte, hätte sich diese Frage besser verkniffen. Der haarlose Greis, der neben ihr saß und offenbar ihr Ehemann war, hatte bezüglich Schorsch keinerlei Gedächtnislücken.

„Du weißt ganz genau, welchen Schorsch wir meinen", grantelte er seine Frau an, so, als habe er sie grade mit eben diesem im Lotterbett erwischt.

„Der traut sich nicht mehr hierher", antwortete die Angetraute und hoffte, dass das leidige Thema damit beendet sei. Christina am Nebentisch fand es schade; zu gerne hätte sie mehr über den Unbekannten gehört. Aber erst nach weiteren zwei Tassen vom Koffeinfreien und zwei bis drei Stücken Hefekranzes wurde die Unterhaltung am Nebentisch wieder spannend.

Die zweite Dame in der Runde war offenbar Witwe; jedenfalls hatte sie hier am Tisch keinen nach den ganzen Jahrzehnten noch eifersüchtelnden Ehemann zu fürchten:

„Aber ein toller Hund war er schon, der Schorsch", geriet sie ins Träumen.

„Was heißt da ein toller Hund, er war der Dorfgockel", beharrte der kaffeeschlürfende Gatte.

„Wie Recht du hast. Und Klara und Sophie gehörten zu seinen Hennen." Dabei duckte sich der bis dahin ruhig gebliebene Tischnachbar Alfons, dessen Gebiss jedes Stück Kuchen bereits auf der Gabel begrüßte. Was musste Christine da über ihre schrulligen Tanten hören? Der Gedanke, dass sich jemals ein Mann für eine der zänkischen Weiber interessiert hatte, war für Christine unvorstellbar. Und nun dies...

Welche Bilder tauchten da plötzlich vor ihrem inneren Auge auf: Schorsch mit Tante Klara, Schorsch mit Tante Sophie; jede hielt er innig im

Arm und schenkte ihr verliebte Blicke, die ihre Augen leuchten und ihre Herzen hüpfen ließen? Unglaublich, Tante Klara und Tante Sophie und ein und derselbe Mann? Langsam begann die Nichte zu verstehen, dass diese Liebesgeschichte von damals das Verhältnis der beiden Frauen für mehr als fünfzig Jahre bestimmt hat.

„Er hatte allen beiden die Ehe versprochen", fiel Mathilde ein.

„Er hat uns allen die Ehe versprochen." Witwe Lore konnte das zugeben.

„Aber Klara und Sophie haben ihm geglaubt." Alfons war zwar der beste Freund von Schorsch gewesen, aber seine Weibshelderei hatte er ihm echt übel genommen.

„Dabei hätten sie so viele haben können, die Klara und die Sophie." Alfons Hauser geriet richtig ins Schwärmen. „sie waren die Allerschönsten im Dorf. Unzertrennlich waren sie."

„Warst wohl auch in eine der beiden verliebt, was?" fragte Mathilde schnippisch.

„Oh ja, das war ich." Alfons' Augen bekamen einen seltsamen Glanz, wenn er an die verstorbene Sophie dachte. „Aber Schorsch war schließlich mein Freund. Er war ein feiner Kerl. Nur, wenns um Frauen ging, dann spielte er verrückt." Hauser sprach jetzt schon mehr mit sich selbst als mit seinen Tischgenossen; dennoch, sie hörten ihm alle zu und nickten verstehend.

„Mein Gott, jeder junge Kerl hier war heimlich in eine der beiden Schwestern verliebt, aber da war der Schorsch. Und wo der seine Fühler ausstreckte, da hatte kein anderer eine Chance."

Für Christine wurde dieser seltsame Nachmittag immer interessanter. Als Kinder hatten sie niemals etwas von dieser Geschichte mitbekommen; man spürte nur, dass ein Geheimnis die beiden „spinnenden" Tanten umgab.

„Dass die beiden aber auch nichts gemerkt haben", dachte Mathilde so laut vor sich hin.

„Niemand hat etwas gemerkt. Der Schorsch hat es sehr geschickt verstanden, sie davon zu überzeugen, dass es besser sei, ihre Liebe zu verheimlichen. Weder Sophie noch Klara sprachen je den Namen ihres Angebeteten aus. Alle dachten, die heimlichen Freier seien aus einem anderen Dorf, und das hat man damals noch nicht sehr gerne gesehen." Es klang fast wie ein spätes Geständnis vom linken Nachbarn Lores. Der hatte bisher noch nichts gesagt und Christine konnte sich auch nicht erinnern, dass ihn einer mit Namen angesprochen hatte. Ob er etwas mit der verhängnisvollen Geschichte zu tun gehabt hatte?

„Aber irgendwann ist die Geschichte dann doch aufgeflogen. Was war eigentlich der Anlass damals?" Das hatte Mathilde schon die ganzen Jahre interessiert. Aber alle Anwesenden zuckten mit den Schultern.

„Keine Ahnung." Selbst Alfons, einst der beste Freund von Schorsch, hatte nie mitbekommen, was wirklich passiert war. „Ich weiß nur noch, dass der Schorsch von heute auf morgen von hier verschwunden ist."

„War eigentlich was dran an der Geschichte, dass beide Schwestern vom Schorsch schwanger waren?" Wie hinterlistig diese Mathilde doch sein konnte. Da wusste sie offenbar mehr als alle anderen und hatte all die Jahre keinen Ton gesagt. Und jetzt ließ sie die Bombe platzen.

„Was...?" war dann auch die sehr natürliche, aber viel zu laute Reaktion Lores.

„Pst", wurde sie dann auch sofort von ihren Tischgenossen gebremst.

„Mensch Mathilde, du immer mit deinen Gerüchten", wurde sie besorgt von ihrem Gatten gemaßregelt. „Du bringst uns noch mal in Teufels Küche. Das ist doch wieder nur so dummes Geschwätz. Wo sollen denn bitte diese Kinder sein, die der Schorsch da angeblich gezeugt hat?" Christine musste sich nun wirklich anstrengen, das Geflüster am Nebentisch noch halbwegs zu verstehen. Verbissen tat sie so, als habe sie ein müdes Kopfschmerzhaupt von der ganzen Trauer; in Wirklichkeit formte sie heimlich mit den Handtellern Lauschflächen an die Ohren, so, wie sie es als Kind getan hatte, wenn es galt, ein verbotenes Gespräch mitzuhören.

Was, wenn es damals tatsächlich...? Christine hatte keine Ahnung. Das alles musste sich vor ihrer Zeit ereignet haben. Sie lernte die beiden als Kind Jahre später als zwei Tanten kennen, von denen die eine zänkischer war als die andere und die einen permanenten Kleinkrieg gegeneinander führten und damit die Dorfbewohner von Zeit zu Zeit zum Lachen oder zum Kopfschütteln brachten. Von ihrer einstigen Schönheit konnte Christine nichts mehr erkennen, aber dass sie im Dorf von niemandem wirklich ernst genommen wurden, das bekam sie schon in jungen Jahren mit.

In der Mitte des Dorfes, wo die beiden einzigen Straßen aufeinander trafen, stand ein Doppelhaus. Dort wohnten sie bis vor ein paar Tagen. In der linken Hälfte die hagere, drahtige Tante Sophie, in der rechte die etwas füllige, gemächliche Tante Klara.

Die Dorfkinder lernten die allerschönsten Schimpfworte von ihnen. Sobald sie hörten, dass sich beiden Weiber vor dem Haus wieder lauthals stritten, war es für sie wie ein geheimer Befehl, sofort die Richtung einzuschlagen, um ja nichts zu verpassen. Man hatte das Gefühl, dass die schrulligen Tanten ihre einsamen Abende dazu benutzten, sich neue Beleidigungen für einander auszudenken. Ihre Sprache hatte es in sich. Jedes Mal, wenn die Kinder die von ihnen gelernten Ausdrücke zu Hause benutzen, setzte es eine Ohrfeige. Und Christine erinnerte sich an so einige davon.

Was war das denn für ein unanständiges Gekicher am Nebentisch? Unglaublich, da steckte diese Greisenhorde die Köpfe zusammen wie Schulkinder beim heimlichen Rauchen auf dem Pausenhof. War das etwa ein begräbnisadäquates

Verhalten in diesem gottverdammten Dorf? Hatte Tante Sophie das etwa verdient? Hatte überhaupt ein Verstorbener verdient, dass man sich auf seiner Beerdigung schon am hellen Nachmittag über ihn lustig machte?

Christine war sauer. Am liebsten wäre sie hinüber gegangen und hätte allen Vieren das Lästermaul mit Hefekranz gestopft. Entrüstet starrte sie hinüber zu den Übeltätern, die allerdings keinerlei Notiz von der Nichte nahmen. Stattdessen hielten sie ihre Unterhaltung zu Lasten der Verstorbenen immer dreister. Ganze Wortfetzen drangen nun zum Nebentisch herüber.

Und die weckten Bilder in Christine. Fast unmerklich entspannte sich das Gesicht der jungen Frau. Sie musste schmunzeln, obwohl sich das nun wirklich beim Leichenschmaus ihrer Tante nicht gehörte. Verschämt stützte Christine sich auf ihre Hände, damit niemand ihren Gesichtsausdruck erkennen sollte. Sicherheitshalber drehte sie sich auch noch ein wenig zur Seite und tat so, als schaue sie aus dem Fenster. So konnte sie sich ganz den Geschichten widmen, die ihre Erinnerung grade erzählten.

Begonnen hatte eigentlich alles damit, dass Tante Klara der Tante Sophie bei der samstäglichen Kehrwoche ihren Schmutz direkt vor die Haustür gefegt hat. Worauf die ihn postwendend zurückgekehrt hat. Die beiden trieben dieses Spiel einige Wochen und aus dem Kehrrichthäufchen war ein ansehnlicher Dreckhaufen geworden. Das war zu der Zeit, als die ersten Urlauber ins Dorf kamen. Die Bewohner beschwerten sich bei der Gemeindeverwaltung und der Dorfpolizist griff ein. Alle Schuldzuweisungen und Flüche Tante Klaras haben nichts genutzt, sie musste sich mit Besen und Schaufel bewaffnen und alles in die Tonne kippen. Schier geplatzt ist sie vor Wut, weil sie es getroffen hatte. Und Tante Sophie hat ganz frech hinter der Gardine hervor gegrinst und sich riesig gefreut.

Christine hatte damals überhaupt nicht verstanden, was in die Tanten gefahren war. Schließlich kannte sie die Geschichte mit Schorsch nicht. Aber sie fand es wie alle Dorfkinder sehr lustig, was da passierte. Dass ihre Eltern ganz anderer Meinung waren, war ihr egal.

Tante Klara war es jedoch ganz und gar nicht egal, dass sie die Verliererin der ersten Schlacht ihres Liebeskrieges war. Sie zahlte es ihrer Gegnerin heim. Sophie hatte die allerschönsten Rosen im Dorf, der ganze Vorgarten war voll davon und jeder, der vorbeiging, bewunderte die Pracht. Bis zu jener Nacht...!

Tante Sophie heulte und schrie, bedachte ihre Nachbarin mit den wüstesten Flüchen und animierte das ganze Dorf, sich die Bescherung anzuschauen. Klara hatte ihr sämtliche Rosenstöcke gestutzt – direkt über der Wurzel. Die meisten habens nicht überlebt. Damit hatte Tante Klara sich ganz schön ins Abseits katapultiert, denn keiner im Dorf hatte Verständnis dafür, dass die schönen Blumen dem weibischen Streit zum Opfer fallen mussten. Dass Tante Sophie der Rosenmörderin direkt in der folgenden Nacht die Wäsche auf der Leine grün lackiert hatte, fiel kaum noch als Strafe ins Gewicht; die Ächtung der Dorfgemeinschaft war weitaus schlimmer. Immerhin war nach dieser Aktion jahrelang Ruhe. Zumindest bekam niemand mehr etwas von dem erbitterten Streit der beiden Schwestern mit. Es schien so, als seien die beiden quitt.

Keiner, auch nicht die Veteranen am Nebentisch, wusste, warum die Kriegsgegner vor einiger Zeit ihre Gefechte wieder aufgenommen hatten

Deshalb hat sich wohl auch niemand was dabei gedacht, als Klara beim Bauern eine Fuhre Mist bestellt hatte. Schließlich bewirtschaftete sie noch immer ihren großen Gemüsegarten. Aber statt den zu düngen, schaufelte die den Mist während der Nacht direkt vor die Eingangstür ihrer Schwester. Als die am nächsten Morgen aus dem Haus wollte, ließ sich die Tür nicht mehr öffnen. Stattdessen drang schon der fürchterliche Gestank durch die Ritzen, und damit war Sophie auch klar, woraus die Wand, die den ganzen Hausflur verdunkelte, bestand. Beherzt kletterte sie aus dem Fenster und schippte das Zeug unter Gezeter weg. Eine Arbeit, die in Anbetracht der Tatsache, dass es ein heißer Sommertag wurde und der Geruch immer unerträglicher wurde, förmlich nach Rache schrie.

Und jetzt ist Sophie tot. Vorgestern von Klaras Kirschbaum gestürzt. Und Klara ist verhaftet.

Natürlich hat Sophie versucht, bei Klara die Kirschen zu klauen und stattdessen Christbaumkugeln dranzuhängen.
. Und natürlich hat Klara geschlafen – aber wie sollte sie das beweisen?
Und selbst, wenn es ihr gelänge, wie soll sie weiterleben ohne Sophie?

Mord im Vorbeigehen

Es war kurz vor drei, als Kommissar Dittus aus dem Schlaf geklingelt wurde. Wachtmeister Stahl war am Apparat.

„Im Quellenweg 4 ist eine Frau ermordet worden. Der Ehemann hat die Tat grade gemeldet. Er ist allerdings stark betrunken und hatte einige Mühe mit dem Sprechen."

„Na, hoffentlich macht der keine Scherze um diese Zeit. Ich mach mich gleich auf den Weg... Ach, und bimmeln Sie den Burghard bitte auch raus. Soll direkt in den Quellenweg kommen."

Die beiden Polizisten trafen dann auch fast gemeinsam am Tatort ein, und sie fanden Simone Kruse erdrosselt im Sessel liegen. Keine Verwüstungen, nichts gestohlen, die Eingangstür vermutlich mit einer Scheckkarte geöffnet.

Herr Kruse gab an, bis kurz vor 23.00 Uhr beim Kegeln im Gasthaus Schwanen gewesen zu sein und anschließend im Bistro Rose. Bis halb drei etwa, und als er dann nach Hause gekommen sei, habe er seine Frau tot aufgefunden.

Auch als Rainer Kruse am nächsten Morgen wieder nüchtern war, deckten sich seine Angaben mit dem, was er in der Nacht gesagt hatte.

„Herr Kruse", hakte Kommissar Dittus nach, „Sie sind also gegen dreiundzwanzig Uhr zu Fuß vom Gasthaus Schwanen zum Bistro Rose gegangen? Da mussten sie doch an ihrem Haus vorbei. Ist Ihnen nichts aufgefallen?"

„Nein, ich habe überhaupt nicht danach geschaut. Ich wollt ja noch nicht nach Haus."

„Und Sie haben nicht drauf geachtet, ob noch Licht brennt oder so? Das tut man normalerweise doch automatisch."

„Ich nicht."

„Haben Sie die Eingangstür abgeschlossen, als Sie Kegeln gingen?"

„Nein, das macht normalerweise meine Frau."

„Die Tür konnte aber nicht abgeschlossen gewesen sein."

„Was weiß ich? Vielleicht erwartete sie noch Besuch."

„Von wem?"

„Vielleicht von Carola Schröter. Die beiden sind...äh... waren befreundet."

„Na ja, vielleicht kann sie uns weiterhelfen", Burghard zwinkerte Dittus zu, „wenn wir noch Fragen haben, werden wir uns wieder melden."

Kruse verabschiedete sich. Kommissar Dittus schaute seinen Kollegen verständnislos an.

„Sag mal, warum hast du den plötzlich gehen lassen? Ist dir nicht aufgefallen, dass der kein bisschen trauert? Ich schätze, wir hatten grade den Mörder von Frau Kruse hier sitzen."

„Hast völlig Recht, Lothar, aber wir müssen es ihm auch beweisen können... Übrigens, ich habe eben erfahren, dass der Tod bei Frau Kruse circa gegen 23.00 Uhr eingetreten ist. Also ungefähr zu der Zeit, als Herr Kruse an seinem Haus vorbeigekommen ist. Angeblich, ohne einen Blick drauf zu verschwenden."

„Tja, dann müssen wir mal versuchen, in diesem dunklen Fall ein paar Lichter anzuknipsen."

Das erste ging schon bei der Befragung von Carola Schröter auf. Sie wusste nämlich, dass Simone Kruse sich scheiden lassen wollte. Bei der nächsten Gelegenheit hatte sie vor, mit ihrem Mann darüber zu sprechen. Das hatte Simone Kruse ihrer Freundin zwei Tage vor dem Mord anvertraut. Ob sie's allerdings schon getan hatte, konnte Frau Schröter nicht sagen. Allerdings war sie der Meinung, dass Rainer Kruse keinesfalls der Mörder seiner Frau gewesen sein konnte. Gewiss, er habe sie nie geliebt – aber ein Mörder, nein, das sei er bestimmt keiner.

Auf dem Weg zum Bistro, wo die Polizisten mehr über die letzte Nacht erfahren wollten, meinte Kommissar Burghard:

„Na ja, immerhin, ein Motiv hätte er gehabt."

„Allerdings ein sehr dürftiges."

„Du sagst es."

„Also, dann müssen wir versuchen, es ihm zu beweisen, auch, ohne, dass wir sein Motiv kennen."

Im Bistro Rose bestätigte der Wirt, was Rainer Kruse gesagt hatte.

„Ja, der Rainer, der war da bis zum Schluss heute Nacht. Er hat noch seinen Schirm stehen lassen."

Wann er allerdings gekommen war, ließ sich nicht mehr genau feststellen. Irgendwann so gegen elf. Die Kommissare machten sich also auf den Weg zum Gasthof Schwanen, von dem Herr Kruse in der Nacht gekommen war. Sie nahmen genau denselben Weg wie Kruse, und sie brauchten für die Strecke genau sieben Minuten. Im Gasthaus zum Schwanen erfuhren sie, dass Rainer Kruse sich dort kurz nach halb elf verabschiedet hatte. Ob es auch viertel vor elf gewesen sein könnte? Ja, durchaus, das wisse man nicht mehr so genau. Die Zeitangaben waren so unpräzise; damit konnte man dem Verdächtigen nicht nachweisen, dass er auf dem Weg zum Bistro Rose zu Hause war und seine Frau umgebracht hatte.

Stumm saßen die Beamten über ihrem Kaffee, und jeder der beiden bemühte seinen kriminalistischen Spürsinn, als Burghards Augen sich weiteten.

„Der Schirm...", murmelte er,, „...der Schirm!"

„Was denn für 'n Schirm?" Dittus begriff nicht sofort.

„Rainer Kruse hat doch im Bistro seinen Schirm stehen lassen."

„Ja, und...?"

„Überleg doch mal. Als Kruse gestern Abend aus dem Haus ging, war herrliches Wetter und nichts deutete darauf hin, dass später ein Gewitter kommen sollte. Wieso sollte er also einen Schirm mitnehmen?"

„Stimmt. Jetzt brauchen wir nur noch jemanden, der bezeugen kann, dass Kruse hier noch keinen Schirm dabei hatte."

Und sie fanden ihn. Ein Kegelbruder, der zusammen mit Kruse in den Schwanen gekommen war, konnte sich erinnern, dass dieser weder Jacke noch Schirm dabei gehabt hatte und, genau wie er, an der Garderobe vorbei direkt zum Tisch gegangen war, um die anderen zu begrüßen.

Rainer Kruse ahnte von dem allem noch nichts, als ihn die beiden Beamten aufsuchten.

„Herr Kruse, Sie hätten den Schirm nicht mitnehmen sollen, als sie zuhause waren, um ihre Frau zu erdrosseln."

Kruse wurde bleich. Nie hätte er geglaubt, dass es gelingen würde, ihm den Mord nachzuweisen.

„Und das alles nur, weil sich ihre Frau scheiden lassen wollte."

„Es war nicht wegen der Scheidung... es war wegen Carola..."

Verwunderte Blicke.

„Ich liebe sie, und eigentlich wollte ich mich scheiden lassen – ihretwegen. Aber dann hat sie mich betrogen... mit meiner Frau."

Unerwartete Abhilfe

Nein, sie wisse nicht, wer ihren Mann getötet haben könnte, versicherte Monika Wollner den beiden Kriminalkommissaren, die ihr eben die Nachricht überbracht hatten, dass Peter Wollner am frühen Morgen erschlagen im Wald gefunden worden war.

Aber sie sei froh, dass er nun endlich tot sei, erklärte sie zum Entsetzen der Beamten. Ein Unmensch sei er gewesen, der sie und die Kinder geschlagen und gedemütigt habe. Alle hätten es gewusst, aber niemand habe sich getraut, ihr zu helfen. Er habe alle eingeschüchtert, und er habe ihr gedroht, sie umzubringen, falls sie versuchen würde, ihn zu verlassen. Es sei schon gut, dass er jetzt endlich tot sei, bestätigte Monika noch einmal; sie hätte es ja doch niemals geschafft, ihn umzubringen.

„Na, ein Motiv hätte sie ja gehabt," sagte Bauer zu seinem Kollegen Köhler auf der Fahrt zum Revier.

„Allerdings! Und dazu noch kein Alibi. Wir werden sie sehr genau beobachten müssen", meinte der.

„Trotzdem", hielt Bauer dagegen, „ich kann mir nicht vorstellen, dass sies getan hat. Hast du sie gesehen? Sie ist doch nur Haut und Knochen. Und dieser Wollner, der war doch ein Bär von einem Kerl. Wie sollte sie ihn erschlagen?"

„Weiß ich auch nicht, aber man sagt ja, dass in der Verzweiflung ungeahnte Kräfte wachsen. Er wurde von hinten erschlagen. Und er roch stark nach Alkohol, auch heute Morgen noch."

„Darüber werden wir gleich mehr wissen", antwortete Bauer und parkte den Wagen vor dem Revier.

Der Verdacht bestätigte sich; Peter Wollner hatte einen Alkoholgehalt von über zwei Promille, als er starb. Es hatte keinen Kampf gegeben. Schon einer der ersten Schläge war vermutlich tödlich gewesen. Die Tatzeit konnten die Kollegen Mediziner noch nicht genau sagen, zwischen Mitternacht und 1.00 Uhr vermutlich.

Die nochmalige Durchsuchung des Tatorts nach Spuren blieb erfolglos.

Stattdessen wurden sie von zwei jungen Burschen angesprochen, die geradewegs auf sie zukamen.

„Sind Sie von der Polizei?" fragte der größere der beiden.

„Ja, und wer sind Sie?"

„Ich bin Martin Schlegler und das ist Dragan Marinov, wir sind Fußballspieler. Herr Wollner war unser Trainer. Eben haben wir gehört, was passiert ist. Wir treffen uns alle oben im Sportheim."

„Woher wissen Sie denn...?"

„Unser Vereinswirt hat uns angerufen. Er hat heute Morgen erfahren, was geschah... Wir waren alle gestern Abend noch mit ihm zusammen."

„Dann gehen wir doch gleich mit Ihnen, wenn's recht ist."

Aber auch die Befragung der Sportkameraden ergab nichts, was den beiden Kriminalisten weitergeholfen hätte. Sie hätten Karten gespielt bis kurz vor halb eins. Die Jüngeren seien dann gegangen, weil sie noch in die Disco wollten. Peter habe noch kurz geholfen, die Bierkisten aufzuräumen und dann habe er zusammen mit Sepp, dem Vereinswirt, das Sportheim verlassen. Peter sei aber in Richtung Wald gegangen, da er sein Auto ganz unten beim Minigolfplatz geparkt hatte. Er selbst habe seinen Wagen direkt vor der Tür stehen gehabt; sei sofort eingestiegen und losgefahren. Nein, gehört und gesehen habe er nichts.

Im Gegensatz zu Frau Wollner schienen die Sportkameraden wenigstens bestürzt über den Tod Peters zu sein. Er sei ein guter Trainer gewesen und man habe sich prima mit ihm verstanden. Davon, dass er seine Familie misshandelt habe ... na ja, gewusst habe man schon davon, aber das war ja seine Sache.

Eine Woche verstrich, und die Beamten der Mordkommission tappten immer noch im Dunkeln. Es war zum Verrücktwerden, nirgends auch nur eine Ahnung von Spur.

„Verdammt, den perfekten Mord darf es nicht geben", fluchte Hauptkommissar Bauer, als er nach zwei Wochen immer noch über dieser Akte brütete, um herauszufinden, was ihm bei denen Ermittlungen entgangen sein könnte. Vergeblich.

Wider Willen musste er die Akte einstweilen beiseitelegen, denn es war mittlerweile zu viel Zeit vergangen, als dass man noch etwas Neues hätte herausfinden können. Wenn nicht irgendwann Kommissar Zufall half ...

Indessen spielten Klaus und Uwe Wollner ausgelassen auf der Wiese vorm Haus Hockey. Sie schienen richtig aufzuleben, seit ihr Vater tot war. Während einer Pause sagte der zehnjährige Uwe zu seinem zwölfjährigen Bruder:

„Meinst du nicht, wir sollten es Mami jetzt sagen?"

„Niemals", beschwor ihn Klaus und schaute verbis

sen auf seinen Hockeyschläger, „hörst du, niemals darf Mami erfahren, dass wir beide Mörder sind."

Elegante Lösung

„Guten Morgen, Sie wünschen?" Verständnislos schaute Gerd Reimann auf die beiden Herren, die ihn an diesem Morgen für ihn viel zu früh aus den Federn geklingelt hatten.

„Sind Sie Herr Reimann?"

„Ja."

„Ich bin Kommissar Braun, und das ist mein Kollege Hauser." Braun zückte seine Dienstmarke und auch Hauser griff sich in die Tasche und fragte:

„Dürfen wir einen Moment hereinkommen?"

„Ja, aber ...?" Widerwillig gab Gerd die Tür frei und ließ die beiden Beamten in die Wohnung. Wenn er eines hasste, dann war es, gestört zu werden, bevor er sich ein ausgiebiges Frühstück hatte gönnen können.

„Was wollen Sie denn von mir?"

„Sie kennen doch Frau Barnheim?"

„Thekla? Ja, sicher, wir sind ... befreundet."

„Es wurde heute Nacht bei ihr eingebrochen."

„Eingebrochen, sagen Sie? - Aber das ist doch unmöglich. Das Haus ist hervorragend gesichert. Da kommt doch keiner rein."

„Es sei denn, er kennt sich gut aus."

Gerd Reimann schien die Andeutung des Kommissars nicht verstanden zu haben.

„Ist etwas passiert mit Thekla...? Ich meine, mit Frau Barnheim?"

„Nein, ihr ist nichts passiert. Sie hat fest geschlafen. Sie hat den Einbruch erst heute früh bemerkt."

„Sie wird wieder ihre Schlafmittel genommen haben ... Trotzdem, ich kann mir immer noch nicht vorstellen, wie jemand ins Haus kommen konnte."

Gerd Reimann bemerkte nicht den vielsagenden Blick, den sich die Beamten bei seiner Bemerkung über die Angewohnheit Theklas, Schlafmittel zu nehmen, zugeworfen hatten.

„Durchs Fenster", beantwortete Kommissar Braun seine Frage.

„Aber da sind doch Rollläden. Sie waren doch gesichert, oder etwa nicht?"

„Der Täter hat die Lamellen rausgebrochen."

Gerd merkte gar nicht, wie sehr er selbst den Verdacht auf sich lenkte, indem er sein Wissen über Theklas Gewohnheiten und über die Sicherheitsvorrichtungen im Haus so freimütig preisgab.

„Aha! Und was wurde gestohlen? Es wurde doch etwas gestohlen?"

„Ja, der Schmuck."

„Der Schmuck?... Aber der war doch im Tresor. Wie konnte denn der Täter wissen ...?"

„Ich sagte Ihnen doch, er muss sich genau ausgekannt haben."

Kommissar Brauns Gesicht wurde verbindlicher. Die lockere Haltung wich; das Gespräch entwickelte sich zum Verhör.

„Herr Reimann, Sie interessierten sich doch besonders für den Schmuck von Frau Barnheim?"

„Sicher, er war wunderbar. Ich liebte es, wenn Thekla ihn trug."

„Und Sie wussten auch, wo sich der Tresor befindet?"

„Selbstverständlich. Ich sagte ja, wir sind befreundet, Frau Barnheim und ich."

„Und Sie kannten auch die Kombination?"

„Ja! Aber Herr Kommissar, Sie verdächtigen doch nicht etwa mich? Das ist doch absurd."

Gerd Reimann lachte. Die Herren hatten ja keine Ahnung. Er hatte es nicht nötig, Thekla zu bestehlen. Diese Frau liebte ihn, und er konnte alles von ihr bekommen, was er wollte. Sie war einige Jahre älter als er, und Gerd war sicher, dass die reiche Witwe ihn eines Tages zu seinem Erbe machen würde. Wieso sollte er da ihren Schmuck stehlen? Sicher würde sich dieses Missverständnis bald aufklären. Aber die beiden Kommissare konnten seine Gedanken nicht lesen und Herr Braun setzte seine Erklärungen fort:

„Herr Reimann, der Täter war nicht zum ersten Mal in dieser Wohnung. Er kannte den Schmuck, er wusste, wo der Tresor war; mehr noch, er musste ihn nicht einmal aufbrechen, und er war sicher, dass Frau Barnheim fest schlafen würde. Wer außer Ihnen käme also in Frage?"

„Aber meine Herren, ich versichere Ihnen, ich habe mit dem Einbruch nichts zu tun. Ich war gestern Abend Kartenspielen mit Freunden. Wir treffen uns jeden Mittwoch. Sie können das gerne nachprüfen. Ich bin gegen ein Uhr dreißig nach Hause gekommen."

„Der Einbruch kann auch danach stattgefunden haben. Wie gesagt, er wurde erst heute Morgen bemerkt. Ihr Alibi ist also nicht viel wert. Gestatten Sie, dass mein Kollege sich ein bisschen umsieht oder bestehen Sie darauf, dass wir uns einen Durchsuchungsbeschluss beschaffen?"

„Aber ich bin unschuldig. Natürlich können Sie sich umsehen. Ich habe nichts zu verbergen."

Noch immer glaubte Reimann, dass sich diese unsinnige Anschuldigung bald als Hirngespinst herausstellen würde. Er konnte ich keinen Reim darauf machen, warum Thekla den Beamten nicht von vorn herein klargemacht hatte, dass er als Täter nicht in Frage kam. Sicherlich hatte sie in der Aufregung und ohne es zu wollen, ein paar Bemerkungen gemacht, die ihn in Verbindung mit diesem Einbruch bringen konnten. Während er sich überlegte, wie er die Beamten überzeugen konnte, kam Kommissar Hauser mit Gerds Turnschuhen herein.

„Schauen Sie, was ich gefunden habe. Der Täter hat Fußspuren hinterlassen, und ich bin überzeugt, dass diese Schuhe da genau hineinpassen. Sie haben sich nicht einmal die Mühe gemacht, die Sohlen vom Schutz zu befreien! Herr Reimann, wir müssen Sie vorübergehend festnehmen."

Gerd konnte es nicht glauben. Was war nur passiert?

Noch am selben Tag wurde der Schmuck in Reimanns Wohnung gefunden. Er saß in der Falle, und auch sein Anwalt konnte ihm da nicht heraushelfen. Immerhin konnte er erreichen, dass Reimann nun, da die Beweise gesichert waren, bis zur Verhandlung auf freien Fuß gesetzt wurde.

Wenn mir jetzt noch jemand helfen kann, dachte Gerd, dann ist es Thekla. Ich muss zu ihr.

Und er wurde erwartet. Allerdings anders, als er es sich vorgestellt hatte.

Als er den Salon betrat, saß dort, süffisant lächelnd, Carola Wissenberg. Gerd wurde kreidebleich. Nie hätte er gedacht, dass Thekla und sie sich kannten.

„Tja, mein Lieber, so sieht man sich wieder. Hättest nicht gedacht, dass Thekla und ich alte Schulfreundinnen sind und dieses kleine Spiel genau geplant hatten, was? Keine Angst, ich wollte dich nicht an dein Heiratsversprechen erinnern. Und die zwanzigtausend Mark, die ich dir damals gegeben habe, die sind ja wohl auch nicht mehr zu holen...

Gewiss, ich hätte dich anzeigen können, aber warum sollte ich mich blamieren, wenn es auch eine elegantere Lösung gibt.

Die kleine Blonde

Pfannkuchen mit Blumenkohl, nicht gerade Michaels Lieblingsessen. Egal, die Kinder aßen es wohl ganz gerne und er würde sich später nach dem Tennistraining noch ein Steak im Vereinslokal gönnen. Ansonsten fiel ihm nichts Ungewöhnliches auf an diesem Abend.

Und auch, als Iris den Kindern heute früher erlaubte, vom Essenstisch aufzustehen und ihre Sachen vollends zu packen, wurde er keinesfalls hellhörig. Konnte er doch endlich einmal in Ruhe zu Ende essen.

„Hast du meine Sporttasche schon gepackt?"

„Ja, steht im Flur." Mariannes Stimme bebte und sie bildete sich ein, ihr Herzschlag musste einen Höllenlärm veranstalten. Trotzdem, sie musste es jetzt sagen."

„Michael, ich fahre morgen mit den Kindern in die Freizeit vom Kindergottesdienst."

„Wieso willst du sie selber hinbringen? Ich denke, sie fahren mit dem Bus"

„Ich fahre sie nicht hin, ich fahre als Begleitperson mit. Frau Schwarz ist krank geworden."

„Und warum erfahre ich das erst jetzt?"

„Na, du warst doch übers Wochenende mit deinen Skatbrüdern weg. Der Pfarrer hat mich erst am Samstag angerufen und gefragt."

„Ach so", lenkte Michael ein, um die in der Luft liegende erneute Diskussion wegen seiner vielen Hobbys zu vermeiden.

„Und wie lange bleibt ihr?"

„Eine Woche."

„Überhaupt kein Problem, ich kann ja in der Kantine essen. Tut dir bestimmt ganz gut, wenn du auch mal raus kommst."

Gerne hätte Iris dazu einiges gesagt, aber sie hatte sich geschworen, keine Szene zu veranstalten. Diese Ehe war es nicht mehr wert. Nur noch diesen einen Satz, den sie schon den ganzen Nachmittag im Spiegel eingeübt hatte und von dem sie nun inständig hoffte, dass er ihr so gelassen über die Lippen kam, wie sie es geprobt hatte.

„In der Zwischenzeit möchte ich dich bitten, die Sache mit deiner Freundin zu regeln."

Glücklicherweise hatte Michael den letzten Bissen Pfannkuchen eben schon geschluckt.

„Welche Freundin?", versuchte er trotzdem noch den Unschuldigen zu spielen.

„Wieso, hast du denn mehrere?" Iris hatte plötzlich zu einer ganz seltsamen Sicherheit gefunden. „Ich meine die kleine Blonde, die mich gestern Mittag besucht und mich gebeten hat, dich endlich freizugeben, wo du doch nur sie liebst."

„Sie war ... hier ...?" Na, der werd ich was erzählen."

„Du solltest lieber nicht so viel erzählen. Schaff klare Verhältnisse. Wenn du sie so liebst, dann pack deine Sachen und geh zu ihr."

„Aber das ist doch bloß ..."

„Erspar mir das bitte. Ich will nicht wissen, was es ist. Ich werd es schon überleben, wenn du deine Wäsche nicht mehr bringst. Und jetzt geh zum Training, du kommst sonst zu spät."

Und damit ließ sie ihn einfach sitzen und machte sich dran, ihre restlichen Sachen zu packen. Das wars nun also, das Ende einer Ehe. Einer Ehe, die so verliebt und glücklich begonnen hatte, und die so einsam für sie geworden war, nachdem die Kinder geboren waren und sie nicht mehr mit ausgehen hatte können.

In den nächsten Tagen kam Iris nicht dazu, sich Gedanken über ihre Zukunft zu machen. Die zwanzig Kinder, die sie mit zu betreuen hatte, hielten sie ganz schön auf Trab. Hungrige Mäuler zu stopfen, unzählige Spiele zu organisieren, Geschichten vorzulesen, Streit zu schlichten, kleinere Wehwehchen zu verarzten und heimwehkranke Seelchen zu trösten, das alles ließ sie keinen Moment zur Ruhe kommen. Und wenn am Abend vor dem Einschlafen düstere Alptraumgedanken sich in ihren Schlaf zu schleichen drohten, dann wurden sie sofort verjagt von der Liebe, die sie den ganzen Tag über durch die Kinder zu spüren bekam. Alle hatten Tante Iris ins Herz geschlossen, und sie genoss es in vollen Zügen.

Erst auf der Heimfahrt – die Kinder waren allesamt eingeschlafen – nachdem sie in der vergangenen Nacht eine Nachtwanderung mit Geisterjagd erlebt hatten, kam Iris zum Nachdenken. Erst jetzt wurde ihr bewusst, dass sie jetzt dann in eine leere Wohnung zurückkehren würde. Wie würde sie es ihren Kindern beibringen, dass ihr Vater nicht mehr bei ihnen lebte? Gewiss, sie konnten ihn nicht sonderlich vermissen, denn er war ja nie für sie da gewesen. Kaum hatte er einmal etwas mit ihnen unternommen und ständig an ihnen herumgenörgelt. Aber dennoch - er war ihr Vater und sie würden es sicher nicht so einfach verkraften, dass er sie verlassen hat. Und wie würde das mit der Scheidung verlaufen? Sie hatte sich noch nie darüber Gedanken gemacht. Würde sie sich mit Michael gütlich einigen können oder würde es eine schmutzige Schlacht geben? Jedenfalls würde sie sich einen Job suchen müssen, zumindest stundenweise, aber das hatte sie ja ohnehin vorgehabt, jetzt, da beide Kinder in der Schule waren. Über all diesen quälenden Gedanken fiel auch sie in einen unruhigen Busschlaf, und sie erwachte erst, als die Kinder schon lärmend ihren Eltern zuriefen und ihre Sachen zusammensammelten.

„Guck mal, der Papi holt uns ab", stupste ihr Sohn Robin sie in die Wirklichkeit zurück, und auch Vanessa, die achtjährige, winkte mit glühendem Gesichtchen nach draußen.

Und Iris traute ihren Augen nicht. Da stand Michael, das schlechte Gewissen in Person, sich verzweifelt an einem Strauß roten Rosen festhaltend und mit einem Hundeblick um Verzeihung bettelnd. Glücklicherweise hatte Iris noch einmal alle Hände voll zu tun, um die ganzen Kinder samt Gepäck heil aus dem Bus zu manövrieren. Erst, als sie alle verabschiedet waren, kam sie dazu, zu Michael, der nun mit zwei Kindern auf dem Arm und Rosen vorm Gesicht auf sie wartete, zu gehen und ihn zu begrüßen.

Nachdem die Kinder angegurtet im Auto saßen, das Gepäck verstaut war und die Rosen ihren Besitzer gewechselt hatten fragte Michael ganz leise:

„Meinst du, wir können noch einmal in Ruhe miteinander über unsere Ehe reden?"

Iris überlegte, was sie antworten sollte. Die Kinder im Auto drängten sie, auch endlich einzusteigen.

„Nicht, bevor ich mich richtig ausgeschlafen habe", vertagte sie das Problem. „Und ich fürchte, beim Reden wird es nicht bleiben können." Michael nickte nur stumm mit dem Kopf. Vorbei die Zeit der sogenannten Herrenabende, zu denen man sich meist nur unter dem Vorwand der sportlichen Betätigung traf, um hinterher dann in irgendwelchen Discos seinen Wert als Schürzenjäger unter Beweis zu stellen. Und vorbei die Zeit der Wochenendausflüge mit den Kumpels, die nicht etwa, wie er immer vorgegeben hatte, zur Erholung von der anstrengenden Woche, sondern zu genau demselben Zweck wie die Herrenabende dienten.

Stattdessen ausgelassene Wochenenden mit den Kindern, romantische Abende mit der Frau, die er über alles liebte und wunderschöne Nächte, wie er sie in den Discos niemals erlebt hatte.

Heute, ein Jahr später, feierten sie dieses Ereignis beim Italiener. Die Kinder benahmen sich vorbildlich; ihnen tat es sichtlich gut, nun auch einen Vater zu haben, der für sie da ist. Und auch Iris war eine andere geworden. Sie arbeitete jetzt stundenweise, hatte ihr Selbstvertrauen wiedergefunden und war glücklich verliebt. In den Mann, den sie beinahe zu der Kleinen Blonden geschickt hätte.

Noch nichts verlernt

Verdammt, wie der Typ mich immer anschaut. Ganz mulmig wird mir dabei. Ich bin es einfach nicht mehr gewohnt, zu flirten. Gut aussehen tut er ja. Was heißt hier gut? Blendend. Und dazu genau mein Typ. Ich werde ihn im Auge behalten.

Eigentlich sollte ich mich ja auf ein solches Abenteuer nicht einlassen – oder zumindest ein schlechtes Gewissen dabei haben. Hab ich ja auch. Zumindest so lange, bis ich in diese verstand brechenden Augen schaue. Jetzt lächelt er! Und wie er lächelt! Ich werde doch hoffentlich nicht rot werden. Ich bin doch kein Teenager mehr.

Er steht auf. Er wird doch nicht...? Doch, er kommt geradewegs auf mich zu. Worüber soll ich mich bloß mit ihm unterhalten? Ich habe das Gefühl, keinen vernünftigen Satz herauszubekommen. Mensch, irgendwie muss das doch gehen? Früher hats doch auch geklappt

Na also, funktioniert doch. Wir unterhalten uns über Belanglosigkeiten, aber durch unsere Blicke und den Unterton in der Stimme wirken selbst die herrlich unanständig.

Ob ich noch ein Glas Wein mit ihm trinke, fragt er. Warum nicht? Auf dieses bisschen Schwindel mehr im Kopf kommts auch nicht mehr an.

Wir reden und reden, und unser Gespräch wird immer zweideutiger. Ob er mich nach Hause bringen darf, fragt er? Natürlich, ich werde mir doch jetzt nicht mehr die Butter vom Brot nehmen lassen. Das heißt, nach Hause wäre natürlich tragisch. Er meint das Hotel, in dem ich meinen Urlaub verbringe. Aber trotzdem, er darf.

Er darf sogar noch mehr. Alle paar Meter stehen bleiben, mich küssen, mir was von Liebe erzählen. Natürlich alles gelogen, aber herrlich.

Nach einer kleinen wohltuenden Ewigkeit kommen wir dann auch an diesem Hotel an. Was sagt man jetzt als Frau, wenn man keine Briefmarkensammlung hat? Am besten gar nichts. Einfach zur Tür hinein schieben. Seine Bereitschaft, zu gehen, ist sowieso nicht groß. Klappt ja wunderbar.

Musik und gedämpftes Licht fallen aus. Gibts nicht in diesem Hotel. Aber endlich lerne ich den unschätzbaren Wert dieser Minibars kennen. Steht doch tatsächlich eine Flasche Sekt drin. Eigentlich ja völlig unnötig, denn die Lust zum Trinken ist längst einer anderen gewichen. Eine reine Maßnahme, um die letzte Verlegenheit zu überspielen.

Dann die ersten Versuche, den fremden Körper zu erkunden, unbekannte Hände lustvoll auf der Haut zu spüren.

Die Reaktionen sind die gewohnten, und doch: der Reiz des Neuen und das Prickeln des Verbotenen lassen diese Liebesnacht zur Einmaligkeit werden. Nur durch eine seltsame Vernebelung hindurch nehme ich wahr, dass auch er seine Socken dabei an behält, und dass seine Unterwäsche jeglichen Reiz, sollte sie je so etwas besessen haben, durch mindestens fünfzig Kochwäschen eingebüßt hat. Na, wenigstens nicht so ein „Allzeit-Bereit-Typ". Obwohl, heute wär auch das egal.

Was zählt, sind die Anstrengungen und Bemühungen, die man unternimmt, um den Anderen zu erobern. Dieses herrlich unnütze Getue, das man sich zuhause schenkt.

Langsam weicht die Verklärung, und mir wird bewusst, dass ich mich heute nicht einfach umdrehen und einschlafen kann. Ihn scheint dasselbe zu bewegen. Verlegen hebt er dann auch an, mir zu erklären, dass nun ein Abschied für immer folgt. Als ob ich nicht von Anfang an gewusst hätte, dass er verheiratet ist. Dass es mir völlig egal ist, auf diese Idee scheint er nicht zu kommen. Geradezu peinlich nimmt diese herrliche Nacht ein Ende, und ich werde einen Teufel tun, ihm zu sagen, dass es auch für mich ein Seitensprung war.

Mozartstraße

Sorgfältig tröpfelte Bettina ein paar Tropfen ihres teuren Parfüms auf den Brief, den sie soeben geschrieben hatte.

Peter sollte wissen, wie viel er ihr bedeutete. Dieser Peter – ein toller Typ. Natürlich musste das wieder einmal an Bettinas letztem Urlaubstag in Griechenland passieren. Die ganzen zwei Wochen vorher nicht ein Mann, mit dem sich ein Flirt gelohnt hätte. Bettina hatte den Urlaub schon fast langweilig empfunden. Und dann ausgerechnet am letzten Abend auf dieser Strandfete, da sah sie den lustigen Kerl und war sofort bis über beide Ohren verliebt. Heute würde auch er zurückkommen, dann sollte er unbedingt gleich einen Brief von ihr bekommen.

Sie nahm den Umschlag und begann, ihn zu beschriften: Peter Frank, Mozartstraße 44, Berlin. Ach ja, die Postleitzahl war ihm nicht gleich eingefallen. Kein Problem, sie würde sie nachschlagen. Sie wälzte das große Buch und erschrak. In Berlin gab es gleich sechsmal die Mozartstraße. Verdammt noch Mal, er hatte ihr doch auch noch zugerufen, in welchem Stadtteil er wohnte. War es Bliesdorf? Oder Köpenick, Lankwitz, Lichtenrade, Mahlsdorf oder Rosenthal; sie konnte sich anstrengen, wie sie wollte, es fiel ihr nicht mehr ein. Keiner der Stadtteile kam ihr bekannt vor. Was sollte sie denn jetzt bloß tun? Sie hatte sich so darauf gefreut, Peter zu überraschen, wenn er nach Hause kam. Sie grübelte und überlegte, und nach einer Weile kam ihr eine Idee. Liebevoll schrieb sie denselben Brief noch fünfmal ab. Egal, wo Peter wohnte; er würde ihn auf jeden Fall bekommen. Dieser Gedanke war die Mühe, sich die halbe Nacht mit Schreiben um die Ohren zu schlagen, wert. Dieser Peter offenbar auch.

Am nächsten Morgen brachte Bettina ihre Briefe zur Post und freute sich schon mächtig, bald etwas von Peter zu hören. Zwei Tage vergingen, und wie erwartet, kamen fünf der sechs Briefe mit dem Vermerk „Empfänger unbekannt" zurück. Und dann – endlich – nur einen Tag später, ein Brief von Peter Frank: ein liebloser weißer Umschlag, die Adresse mit Schreibmaschine geschrieben. Bettina fiel es nicht auf; sie freute sich viel zu sehr. Nachdem sie den Brief gelesen hatte, brach sie in Tränen aus. So ein Schuft! Wie sie dazu käme, ihm so einen Brief zu schreiben, er kenne sie ja überhaupt nicht. Außerdem sei er glücklich verheiratet und habe ihretwegen Probleme mit seiner Frau bekommen.

Jeder einzelne Satz war ein Schlag in Bettinas Gesicht. Er hatte also gelogen. Jedes Wort, das er ihr in dieser Nacht ins Ohr geflüstert hatte, war nur Geschwätz gewesen. Ein einziger großer Schwindel!

Die junge Frau war zuerst maßlos enttäuscht und dann schrecklich wütend. Entschlossen verbrannte sie alle Urlaubsfotos, auf denen Peter zu sehen war und die sie sich in den Tagen seit dem

Urlaub immer wieder voller Vorfreude angesehen hatte.

„Das wars also gewesen", redete sie sich ein, und sie beschloss, diesen Peter unter der Abteilung „Enttäuschungen", von denen sie schon eine Reihe hatte erleben müssen, abzuheften. So waren sie eben, die Männer: alles Lügner und Betrüger. Sie hätte es ja wissen müssen. Es war ja schließlich nicht das erste Mal, dass sie so etwas erlebt hatte. Sie würde sich in Zukunft noch mehr zurückziehen und sich ausschließlich ihrem Beruf als Erzieherin widmen. Das alles redete sich Bettina ein, und doch: Es wollte ihr einfach nicht gelingen, diesen Mann aus ihren Gedanken und noch weniger, aus ihren Gefühlen zu streichen.

Als dann nach vier Wochen wieder so ein Brief von diesem Peter Frank kam, wollte sie ihn zuerst gar nicht öffnen. Sie schalt sich ein dummes Luder, als sie es dennoch tat. Und sie las:

„Mein lieber Schatz, entschuldige bitte, dass ich mich erst jetzt bei dir melde. Ich habe endlich eine anständige und bezahlbare Wohnung gefunden. Jetzt bin ich umgezogen und habe ausgerechnet in der letzten Kiste deine Adresse gefunden. Ich habe solche Sehnsucht nach dir. Wann sehen wir uns wieder?"

Samstagabend

Drei Merkmale unterscheiden den Samstagabend bei Hilde und Paul von den Abenden unter der Woche.

Eine Flasche Weine steht auf dem Tisch, im Fernsehen läuft die Show und Hilde und Paul unterhalten sich während des Programms.

Das hat sich in den 27 Jahren ihrer Ehe so ergeben, und die beiden freuen sich auf ihren Samstagabend.

Seit die Kinder aus dem Haus sind, sind die Themen allerdings rarer geworden. Es wird geklatscht. So auch an diesem Samstag.

„Na", eröffnet Hilde das Gespräch, „was gibt's Neues?"

Paul überlegt:

„Das mit dem Maier, das weißt du ja schon, nicht wahr?"

„Nö, was ist denn mit dem?"

„Sag bloß, du hast es noch nicht gehört? Stell dir vor, der hat ein Verhältnis mit der Frau vom Architekten Schulze."

„So." Hildes Kommentar klingt keineswegs interessiert. Sie scheint sich darüber nicht sonderlich zu wundern.

„Dabei ist sie gut zehn Jahre älter als der Maier, und eine besondere Schönheit ist die auch nicht", erzählt Paul dennoch weiter.

„Offenbar hat sie andere Qualitäten", entgegnete Hilde immer noch ohne eine Spur von Entrüstung.

Paul wundert sich; es passt einfach nicht zu Hilde. Moral und eheliche Treue haben bei ihr einen enorm hohen Stellenwert. Sie kann doch nicht einfach so tun, als sei es das Selbstverständlichste auf der Welt, dass der Maier ein Verhältnis hat.

„Also, hör mal", bohrt er deshalb weiter, „du musst doch zugeben, dass der spinnt. Hat so eine hübsche, junge Frau zuhause und zwei kleine Kinder. Was meinst du, was passiert, wenn sie dahinterkommt? Ich möchte bloß wissen, was der sich dabei denkt?"

„Was hast du dir denn dabei gedacht?" Langsam schien Hilde Gefallen an der Unterhaltung zu finden.

„Ich sag' ja, ich hab' gedacht, der ist vollkommen übergeschnappt, als ich das gehört habe", antwortete Paul ahnungslos.

„Nein, nein, ich meine damals, vor zwanzig Jahren. Die Kinder waren noch klein, und du hattest auch eine junge Frau." Paul wurde plötzlich kreidebleich. Beinahe wäre er erstickt an dem Schluck Wein, den er gerade genommen hatte.

„Du...?", stammelte er nach einer Weile, den Blick krampfhaft auf den Fußboden gerichtet, „du hast es gewusst?"

„Natürlich habe ich es gewusst."

„Wer hat es dir gesagt?"

„Das brauchte mir niemand zu sagen. Ich habs gemerkt."

„Woran?"

„An vielem. Daran, dass du jeden Tag eine halbe Stunde im Bad gebraucht hast, und daran, dass du mich immer gefragt hast , ob die Krawatte auch zum Hemd passt, oder daran, dass du keine gestopften Socken mehr angezogen hast und an noch so ein paar Kleinigkeiten." Paul denkt eine Weile nach.

„Und ... du hast nichts gesagt? Warum hast du mich nicht zur Rede gestellt, mir keine Szene gemacht?" Hilde zuckt mit den Schultern.

„Ich weiß nicht. Ich glaube, es hätte nichts genutzt. Du warst so verändert. Wir hätten nicht miteinander reden können."

„Ich wäre nie auf die Idee gekommen, dass du etwas gemerkt hast." Paul trinkt einen Schluck Wein. Nach einer längeren Verlegenheitspause fährt er fort:

„Hast du... ich meine, hat es sehr wehgetan?" Zum ersten Mal schaut er dabei wieder in Hildes Gesicht. Jetzt wendet sie den Blick ab.

„Natürlich hat es wehgetan Es ..., es ist nicht nur das Betrogen werden, was schmerzt. Noch schlimmer ist das Mitleid der anderen. Wenn du merkst, dass sie hinter deinem Rücken tuscheln. Wenn das Gespräch verstummt, sobald du in Hörweite bist. Wenn plötzlich alle so scheißfreundlich zu dir sind. Und du möchtest ihnen ins Gesicht schreien, dass du genauso viel weißt wie sie - aber du kannst es nicht. Einmal ...", Hilde lachte bitter. „einmal hat mich die Frau Krause sogar im Supermarkt an der Kasse vorgelassen. Weißt du, was es für ein Gefühl ist, wenn man sich für etwas schämt, was man gar nicht getan hat?" Paul ist auf seinem Sessel zusammengesunken wie ein Häufchen Elend.

„Oh, mein Gott..., " ist jetzt das einzige, was er noch zu sagen imstande ist. Dann bricht die Unterhaltung der beiden ab. Jeder verfolgt stumm den Rest der Fernsehshow und trinkt dabei seinen Wein aus.

Es ist eine seltsame Stimmung. Obwohl Hilde und Paul nicht mehr miteinander sprechen, scheinen sie sich in Gedanken so nahe zu sein wie nie zuvor in den letzten zwanzig Jahren. Zum ersten Mal, seit sie verheiratet sind, steht Paul auf und trägt die schmutzigen Gläser in die Küche.

Man wird es melden müssen

„Wo der Günter nur so lange bleibt?" dachte Ursula, die im Auto langsam zu frösteln begann. Und das lag sicher nicht daran, dass es in dieser Nacht kalt gewesen wäre. Im Gegenteil, es war ein herrlicher Sommerabend, der die beiden zu dieser Fahrt inspiriert hatte. Ursulas Frieren hatte ihre Ursachen in der Sorge um Günter, der nun schon über eine Viertelstunde in diesem einsamen Haus verweilte, von wo er eigentlich nur eine Kfz-Werkstatt hatte anrufen wollen.

Dass der Wagen aber auch ausgerechnet hier seinen Dienst verweigern musste, wo weder eine größere Ortschaft noch auch nur eine Hauptstraße in der Nähe waren. Glücklicherweise stand da vorne auf dem Hügel wenigstens dieses Haus, und glücklicherweise war da auch jemand zuhause.

Trotzdem: Ursula wurde immer unruhiger. Schon fast eine halbe Stunde war Günter jetzt da drin. Ob ihm etwas zugestoßen war? Aber man konnte ja nie wissen, wer in so einer abgelegenen Gegend wohnt.

„Ich geh jetzt und schau nach", nahm sich Ursula vor, verwarf dieses Vorhaben aber dann auch gleich wieder. Viel zu unheimlich war es ihr hier, als dass sie sich da hinaus in diese Nacht getraut hätte.

Da – endlich – die Tür des Hauses öffnete sich und Günter stürzte heraus. Wenige Augenblicke später öffnete sich die Autotür und er rettete sich zu ihr in das Innere des Wagens.

Da saß er nun, nach Atem ringend, am ganzen Leib zitternd und unfähig, auch nur ein Wort zu sagen.

Irgendetwas musste passiert sein in diesem seltsamen Haus. Und Ursula würde es erfahren, sobald sich Günter beruhigt hatte.

Sein Zittern hatte sich zwar schon etwas gelegt, aber noch immer hatte Günter seine Sprache nicht wieder gefunden.

Nach einer Weile des erschrockenen Schweigens begann Ursula behutsam, ihn anzusprechen.

„Hast ... hast du die Werkstatt erreicht?"

Günter schüttelte den Kopf.

„Gab es denn kein Telefon im Haus?"

„Doch...", war das erste Wort, das er eher stammelte, „...doch, aber ich konnte keine Werkstatt mehr erreichen."

„Und was jetzt?"

„Ich habe ein Taxi gerufen. Wir müssen den Wagen heute Nacht hier stehen lassen."

„Das ist nicht so schlimm. Aber sag mal, was war denn eigentlich los da drin? Da ist doch was passiert?"

Günter, der sofort wieder eine Gänsehaut bekam, fing an zu erzählen.

„Es war alles so schrecklich. Der Raum, die vielen Blumen ..."

„Was denn für Blumen?"

„Freesien. Es waren Freesien. Und dann dieser Gestank ..."

„Freesien haben nun einmal einen starken Duft. Das ist doch kein Gestank!"

„In diesem Fall schon. Und dann der alte Mann. Er hat sich gefreut wie ein Kind."

„Er kriegt vielleicht nicht oft Besuch. Wieso bringt es dich so aus der Fassung, wenn ein alter Mann sich Blumen ins Zimmer stellt und sich über einen Gast freut?"

„Sie feierten ihren Hochzeitstag."

„Sie?"

„Ja, er und seine Frau."

„War sie auch da?"

„Ja, sie saß im Lehnstuhl inmitten der Blumen."

„Und was hat sie gesagt?"

„Sie schien zu schlafen. Vor ihr stand ein Glas Schlehenlikör. Und der Mann war reichlich betrunken."

„Das kann doch vorkommen am Hochzeitstag. Die beiden haben wohl etwas zu ausgiebig gefeiert. Und du ...?" sie schnüffelte an seinem Atem, „du scheinst auch mitgefeiert zu haben. Du hast auch getrunken."

„Ja, ja, ich musste zwei Gläser Schlehenlikör mit ihm trinken. Er hätte mich sonst nicht gehen lassen. Ich sage dir ja, er war wie ein Kind."

„Und weiter?"

„Und diese Frau. Du hättest es sehen sollen, wie sie da saß. Und der Mann hat immer wieder gesagt: „Schauen Sie, schauen Sie nur, wie schön sie ist.""

„Und? War sie denn nicht schön?"

„Sie war sicher einst wunderschön gewesen."

„Für ihn ist sie es eben immer noch. Das ist doch wunderbar. Ich verstehe immer weniger, was dich so aufgewühlt hat. Ich habe hier im Auto gesessen und eine unheimliche Angst ausgestanden. Ich dachte, dir sei etwas zugestoßen. Und jetzt sitzt du neben mir und erzählst mir die rührende Geschichte von zwei alten Menschen, die, zwar einsam, aber offenbar doch sehr glücklich, ihren Hochzeitstag feiern. Da werde ich langsam wütend. Hoffentlich kommt das Taxi bald."

„Du verstehst gar nichts, Ursula. Diese Frau – sie hatte ihr schönstes Kleid an, und auf der weißen Rüschenschürze sah man noch die Knicke vom Bügeln. Die blutleeren Hände lagen gestreckt auf den Stuhllehnen, und sie saß unnatürlich aufrecht. Nur der Kopf fiel ihr auf die Schultern. Ihr Gesicht war fahl. Ihre Füße standen akkurat nebeneinander, verstehst du?"

„Nein, ich verstehe überhaupt nichts."

„Mensch, Ursula, sie hat sich nicht selbst so hingesetzt. Diese Frau ist schon eine ganze Weile tot."

Es dauerte eine Zeit lang, bis Ursula die Bedeutung dessen, was Günter eben gesagt hatte, begriff. Für einen Augenblick war es gespenstig still im Wagen.

Ganz leise war Ursula geworden, als sie wieder zu sprechen begann. „Wir werden es melden müssen."

Günter nickte. „Ja, das werden wir tun müssen. Auch, wenn wir ihm dadurch möglicherweise das Leben nehmen."

Ein Jagdmesser zum Fünfzigsten

Direktor Kopp hatte sich nicht lumpen lassen zu seinem Fünfzigsten. Ein gigantisches Fest hatte er auf der Weise vor seiner Jagdhütte gegeben, an das sich die ganze Ortschaft noch lange erinnern sollte.

An die zweihundert Gäste müssen wohl dabei gewesen sein, die Führungskräfte seiner Firma, die Reiterfreunde, sein Jagdkameraden und natürlich der Bürgermeister nebst Gemeinderäten. Es war eigens Personal eingestellt worden, um die Gäste zu bedienen und überall waren Stände aufgebaut, an denen es sie verschiedensten Speisen und Getränke gab. Eine Blaskapelle hatte zur Unterhaltung gespielt, und gegen Abend hatte man zwei riesige Lagerfeuer angezündet. Direktor Kopp hatte eine Vorliebe für Gelegenheiten, bei denen er zeigen konnte, wie wichtig und einflussreich er war.

Frau Kopp und Frau Wendlitz, die Sekretärin von Herrn Kopp, waren froh, als der Direktor endlich um kurz nach vier morgens langsam zum Aufbruch aufforderte, denn die beiden hatten den ganzen Abend alle Hände voll zu tun gehabt.

Etwa zwanzig hart Gesottene waren noch da, aber auch sie machten endlich Anstalten, auszutrinken und sich auf den Heimweg zu machen.

Als sie sich endlich verabschieden wollten, fiel ihnen auf, dass Georg Kopp, der nur mal eben zum Pinkeln hatte austreten wollen, immer noch nicht zurück war. Er würde womöglich gestolpert und gefallen sein, dachte man sich. Immerhin hatte er heute doch einiges mehr getrunken als er es sonst tat. Man beschloss, nach ihm zu schauen und machte sich mit Taschenlampen auf in die Richtung, in die er im Wald verschwunden war. Alle Zurufe blieben unbeantwortet und die Suche im Dickicht erwies sich als schwieriger als erwartet, zumal die Gäste selbst einige Mühe hatten, sich auf den Beinen zu halten.

Es dauerte fast eine Stunde, bis man Direktor Kopp fand, erstochen mit seinem neuen Jagdmesser, das ihm seine Jägerkameraden zum Geburtstag geschenkt hatten.

Wenig später hörte sich Kommissar Haug erst einmal an, was die noch Anwesenden zu berichten hatten. Sein Assistent Bayer schaute sich derweil gründlich um.

Frau Kopp berichtete, dass ihr Mann vor dem Austreten verkündet habe, man trinke jetzt noch einen Schnaps zusammen und dann gehe man nach Hause. Sie habe dann schon für jeden einen solchen eingeschenkt, und da ihr Mann so lange nicht gekommen war, habe man auch schon getrunken. Erst anschließend habe man angefangen, nach ihm zu suchen.

Die beiden Kriminalisten ließen sich noch so manches über den Verlauf des rauschenden Fests erzählen, aber nichts wollte auf ein solches Verbrechen hindeuten. Die grübelten und kombinierten, und nach einer Weile erhellte sich das Gesicht des Assistenten Bayer.

„Meine Damen und Herren, Sie müssen uns leider alle aufs Revier begleiten. Wir brauchen Ihre Fingerabdrücke. Hier auf diesem Tablett stehen einundzwanzig Schnapsgläser; eines davon noch voll. Es war das, war für Direktor Kopp eingeschenkt wurde. Sie aber, habe ich eben gezählt, sind auch einundzwanzig Personen. Einer von ihnen kann also nicht da gewesen sein, als Frau Kopp zählte."

Frau Wendlitz meldete sich.

„Ich glaube, das wird nicht nötig sein ... Ich war diejenige, die Georg umgebracht hat ... Vor zehn Jahren haben wir auch hier seinen Geburtstag gefeiert. Seit dem Tag hatten Herr Kopp und ich ein Verhältnis. Immer wieder hat er mir versprochen, sich scheiden zu lassen, aber heute Abend habe ich erkannt, dass er seine Frau immer noch liebt und das nie tun würde. Da habe ich das Messer vom Geburtstagstisch genommen und bin ihm gefolgt ..."

Kyrill

Kyrill zog durch Deutschlands Süden
erzählte den Bäumen vom Fliegen.
Die ließen sich dadurch verführen
und wollten es auch mal probieren.

So ging Nachbars Buche auf Reisen
besucht unser Gartenhäuschen.
Die zwei schmiedeten zarte Bande
und kamen nicht mehr voneinander.

Die Dichter hams längst schon beschrieben:
Wenn ungleiche Wesen sich lieben
so endet das meistens beschissen.

Das konnte die Buche nicht wissen.
So rannten die zwei ins Verderben
Und mussten beide dran sterben.

Vom Glück und vom Geld

Wenn ich so viel Glück hätte
wie ich Geld bräuchte
bräuchte ich kein Geld mehr,
um glücklich zu sein.

Immer auf den letzten Drücker

Es ist wieder mal soweit: Fünf vor sechs. Wie jeden Abend sitze ich hier und warte auf dich. Ich bin fertig mit der Arbeit und es sind noch fünf Minuten. Es wird wieder wie immer sein. Du wirst nicht eine Minute früher kommen als nötig. Immer kommst du auf den letzten Drücker! Und ich hab dann wieder den Stress. Ich muss noch Einkaufen und dann Essen kochen. Dir ist das völlig egal. Du denkst gar nicht dran, dich mal zu beeilen und ein bisschen früher da zu sein.

Verdammt, die Uhr scheint sich aber auch mit dir verbündet zu haben. Sie schickt ihre Zeiger in Zeitlupe ums Zifferblatt. Noch vier Minuten! In diesen Momenten könnte ich aggressiv werden. Hat man dir das denn nicht beigebracht? Pünktlich sein heißt eben nicht, erst Schlag sechs in der Tür zu stehen. Zu Verabredungen kommt man immer ein bisschen früher. Es schickt sich einfach, immer ein paar Minuten eher da zu sein. Das kann doch nicht so schwer sein. Es sind doch nur noch drei Minuten. Die könntest du doch wirklich mal früher kommen. Ich mach das doch auch. Morgens, zum Beispiel, wenn ich hier anfangen muss, dann kann ich auch nicht erst um acht zur Tür herein kommen. Nein, da hab ich vorher schon Kaffee gekocht, die Fenster geöffnet, den Rechner hochgefahren und die Emails gecheckt. Das hat dann gut und gerne zehn Minuten gedauert. Das nennt man wahre Pünktlichkeit, mein

Lieber. Und du lässt mich hier noch genau zwei Minuten warten. So ein Mist. Es lohnt sich nicht mehr, noch was Neues anzufangen. Ich kann nichts anderes tun, als die Zeit hier abzusitzen und auf dich zu warten.

Vielleicht räum ich schon mal die Kulis weg und schließe alle Programme, die ich nicht mehr brauche. Was sagt die Uhr? Immer noch zwei Minuten! Verstohlen werfe ich einen Blick auf meine Jacke. Ob ich sie schon mal anziehe? Ist fast noch ein bisschen früh. Kann ja schon mal mit so 'nem halben Arm reinschlüpfen.

Das sind die Momente, in denen ich dich am meisten hasse, weißt du das?

Die letzte Minute! Sie ist die schlimmste. Jede einzelne Sekunde quält mich; die Jacke habe ich mittlerweile an; der Rechner fährt grade schon runter und ich trommle mit den Fingern auf die graue Schreibtischplatte. Ich könnte schon längst im Supermarkt sein, wenn du …

Jetzt aber endlich! Wie immer, keine Sekunde zu früh. Wurde auch wirklich Zeit, dass du kommst – mein Feierabend!

Inhalt

Liebe Leserin, lieber Leser

Vielen Dank für das Vertrauen, das Sie mir mit dem Kauf dieses Buches entgegen gebracht haben. Ich hoffe, Sie hatten viel Vergnügen mit meinen Geschichten.

Wenn Ihnen meine Texte gefallen haben, so würde ich mich sehr freuen, wenn Sie mich weiter empfehlen: an ihre Freunde und Bekannten, aber auch auf der Seite

http://www.vonGabi .de

in meinem Gästebuch
Hier können Sie auch Kommentare verfassen. Ich würde mich sehr über Ihren Besuch auf meiner Webseite freuen.

Aber für mich als Autorin ist es auch immer sehr wichtig, möglichst viel Feedback von meinen Lesern direkt zu bekommen.

Wenn Sie also mit mir direkt Kontakt aufnehmen wollen, so schreiben Sie mir.

diemasts@online.de